月孕む女

小玉二三
Fumi Kodama

目次

装画　佐藤ミホシ
装幀　遠藤智子

月孕む女

第一章　犬と青年

1　実家の処分

いつ明けたのか、陽《ひ》はない。弱雨の中で鳥が鳴いている。

「……あぁ」

美砂子《みさこ》は思わず声を漏らす。

ぼんやりと窓の外を眺《なが》めていると、大きく育った松の木の間から見える鈍《にび》色の空が、血の気を帯びたようにみるみると薔薇《ばら》色に変わっていったのだ。

「綺麗《きれい》……」

心が潤《うるお》っていく。

空を見て感動するなんて、いつ以来だろうか。

五十八歳。老女だとは思っていない。

けれど確実に言える。もう若くはないと。

「………」

美砂子はじっと空に視線をすえたまま、コーヒーを飲む。

薔薇色の空は、残念なことにあっという間に鼠《ねずみ》色に変わってしまった。あとはただ雨の朝が霧を散らすように舞い落ちてくるばかり。

「……さてと」

現実に引き戻されて、窓辺を離れる。

ダイニングテーブルの上には、雑多な書類や、それらをまとめたファイル、役所や保険会社などからの郵送物が山積みだった。それらの書類を前にして、椅子に座ると、自然と溜息《ためいき》がひとつ、静かに漏れる。

母の手料理が並んでいたテーブルは、半ば事務机と化している。

美砂子は考え直し、台所へ行きトーストとヨーグルトを運んでくると、書類をよけて隅の席で食べ始める。


かつてここで食事を摂《と》っていた両親は、すでに他界している。母は五年前、父は一年前に。

そして今年の春に震災が起きた。

幸いにも、このあたりは震源地からも離れていたので、激しい被害からは免れた。美砂子の実家では瓦《かわら》が幾枚か落ち、作りがやわだったからだろう、庭の物置が派手に傾き、父が物好きにも設置した石灯籠《いしどうろう》が横倒しになった程度で済んだ。

隣の市に在住する親戚がわざわざ確認に行ってくれ、「しばらくはうっちゃらかしておいても大丈夫じゃないの」と、東京の美砂子に報告の電話を寄こしてくれてもいた。

とはいえ、いつまでも放っておくことはできない。

美砂子は一人っ子だ。両親が残した、この実家の土地も家も、全て彼女が相続した。短大を出て以来東京に住み続けている美砂子は、父の他界後もずっと手つかずのまま空き家にして、税金だけを払っていたものの、震災もあり、夏の暑さが訪れた頃から、どうにも気になってきた。

「いずれは処分するつもりだったから、この際、思いきって全て片付けてこようかと思うの」

「あぁ、そうだね。地震から、もう半年か。早いな。まぁ、あの家は、いつかはやらなきゃならないんだし、今やってもいいんじゃないか」

美砂子の実家に関して、土地家屋の全てを手放すということは、夫との間で決めていたことだ。家屋に関しては、不動産物件としては古くなってきているので、さほどの価値もなく、おそらく解体ということになるだろう。

「ただ問題は、あの家の中の荷物よ。何十年も暮らしていたから、色々あるし」

「まさかこっちに持ってくるつもりじゃないだろうね。このマンションの部屋に、箪笥《たんす》ひとつも置く場所なんかないぞ」

「解ってるわ。ただ、家具なんか大きい物で売れる物は売ったり、あとアルバムとか、少しは値打ちのある食器とか、そういう小さな物はこっちに持って来ておきたいわ」

「小さな物って言ったって、あれもこれもじゃ、いつの間にか場所を塞《ふさ》いでしまうぞ」

「それは大丈夫よ。心を鬼にしていらない物はどんどん始末してしまうから。ただ、その始末だって大変なのよ。お金はかかるけれど、業者に頼んでしまおうかしら」

「よく調べてからの方がいいぞ」

「ええ。そうね。それより、あなた大丈夫?」

「なにが?」

「家の処分に向こうに行っていたら、二、三ヶ月、ううん、もしかしたらそれ以上かかるわ」

「はは。立派な単身赴任だな。いいさ、こっちは気にするな。食事だって僕一人分なんて、どうにでもなる。掃除や洗濯だって、たいして汚れるわけでもない。なぁに神戸《こうべ》時代を思えば、どうってことないさ」

夫は過去の単身赴任地を口にして、すんなりと賛成してくれた。

「三ヶ月とはいわず、遠慮しないで、しばらく向こうで暮らす気でいたらいいよ。焦って安く売っちまうなんてことなく、一生に一回の大仕事なんだから。じっくり不動産会社を選んだりさ。家の解体込みで売るか、解体業者をこっちで頼んでから売る方がいいか、じっくり考えて決めたらいい」

「そんなこと言って、しばらくは独身生活を楽しみたいのでしょう——まぁね、なにせ年寄り二人が長年暮らしてきたから、雑多な物が多すぎて。そのあたりのことも、やっておかないといけないから、本当に一冬は向こうに行ったままかもよ。いい？　本当に大丈夫ね」

「あぁ、最後に実家で暮らして、育った家の終焉《しゅうえん》を見届けておいで」

美砂子の実家の処分に関して、夫は美砂子に一存すると、前々から言っていたが、実際、そのとおりだった。

「じゃあ、九月に入ったら、向こうに行くわ。大丈夫ね」

「くどい。大丈夫だって。ベスもルルももういないんだし——」

と、夫は数年前に死んでしまった愛犬二匹の名を口にした。そして、

「生まれ育った家だからね、心残りなく最後を過ごしておいでよ」

そうしみじみ言ってくれた。

「あら、別に残す心もとっくにないわ。実家といっても、別に……」

美砂子はつい、刺々《とげとげ》しい返事をしてしまった。


この家。生まれ育った家。両親が建てた実家。今でも彼らの面影が深く刻まれた家。祖父は市議会議員も務めた地元の名士で土地持ちだった。父は地元企業の重役まで勤め上げた。母も

地元では有名な作り酒屋の一人娘。東京の短大を出ていて、英会話が趣味という、このあたりでは才色兼備と誉《ほま》れ高かった。そんな両親のもとで、不自由のない生活を送った娘と、世間の目に美砂子は映っていただろう。

過干渉で、異常なほど心配性だった母は、些細なことでもすぐに不安にとらわれて、心が安定しない。そんなだから、美砂子が幼い頃など子供らしく奔放な言動を取って手を煩わせることを極端に嫌い、常に人形みたいにおとなしくしていないと、「いけない子だ」と叱りつけた。

一人っ子の美砂子は、必死で母の希望に沿う子であろうと努力していたが、成長するにしたがい、さすがに抗うようになった。しかし、いくら母の言うことが極端だと主張しても、絶対に聞き入れてもらえることはなかった。母は我《が》の強い女だった。

美砂子が高校生になった頃、娘として、その目に映る母というのは、結婚生活に満たされない、空虚な思いを持て余して悶々《もんもん》としている女だった。母がそんな状態なのは、全て夫である美砂子の父が原因なのだが、母はそれらを絶対に認めようとしなかった。代わりに母は、美砂子の教育にのめり込むことで、空虚さを満たそうとした。国立大学を出て公務員になりなさいと、母は娘がそれ以外の進路を歩むことを認めなかった。

しかし美砂子は激しく抗い、真っ向から違う方向へ進んだ。「親不孝者」という罵《のの》り言葉を投げつけられたが、「冗談じゃないわ」と、美砂子は怯《ひる》まなかった。高校二年も二学期になると、毎晩のように母と娘の諍《いさか》いが起きた。

そんな家の中に、父はいないも同然だった。仕事が忙しいことを理由に、以前から帰宅は常に遅く、週末も不在がちだった。外に女がいたのだ。美砂子がそのことを知るのは、だいぶ後になってからだったが。父は特定の愛人を囲うということはせず、玄人《くろうと》の女性と短期間だけ軽く付き合うようなことを繰り返していたらしい。父は外面が良く、外では女たちに気を遣うが、家に帰れば無口で、妻とも娘とも距離を置いていた。妻から聞かされる娘に関する愚痴には辟易《へきえき》していたらしく、たまりかねて妻を怒鳴りつけて黙らせることも珍しくなかった。

かといって、美砂子の味方になってくれるわけでもない。娘がどんな進路に進みたがっているかなど、まるで関心を持たなかった。ただただ「俺を煩わしてくれるなよ」ということを言い、それが態度にも表れていた。

結局、美砂子は自分の希望を押し通して、東京の短大へ入学した。母は不満たらたらだったが、父は学費を出し、一人暮らしのための生活費を仕送りしてくれた。

都会での暮らしは憧《あこが》れでもあったが、両親から距離を置きたくもあった。そんなだから卒業しても故郷に帰る気にはなれず、美砂子は東京で就職した。

そうして結婚するまでの間、複数の男たちと付き合った。時に衝動に任せての短期間の付き合いが重なることもあった。両親からの愛情が不足していたからだろう、美砂子は心の奥底では、卑屈《ひくつ》なまでに愛を乞うてしまうのをやめられずにいた。

口説かれると、嬉しくてすぐになびいてしまう。愛された経験がないので、常に愛されたいと願うあまり、それが一時的な安楽であっても、つい自分を安売りしてしまう。

そんな関係が長く続くわけもない。美砂子にしたって、最初からそこまで相手を好きだったわけでもない。ただ、ひととき、愛されなかった孤独を埋められれば良いという思いしかなかった。

そんな関係の中で営まれるセックスは、愛の行為とはほど遠い、自傷行為にすぎないと気づいたのはいつだっただろうか。行為が終われば相手との関係が築けず、心の中で相手を罵り、つまらない男だったわと、胸の内で溜息をついて、離れていく。その繰り返しだった。

夫は年齢も年上で、愚直なまでに自分を労ってくれたのが、他の男と違っていた。美砂子が気づいた時には、防壁のように自分の前に立っていてくれた。そんな彼への印象が、結婚を決意させた。きらめく恋愛の楽しさよりも、全てを頼れるような安心感が彼にはあった。

派手ではあるが、実りのすくない異性関係ばかり結んでいた美砂子は、セックスが愛の行為と思えたことがない。セックスをして男から我が身を苛《さいな》まれることで、美砂子は両親から愛されなかった自分へ自分で復讐している気持ちになっていた。

夫は性生活には淡泊だ。彼は夫婦間の濃密な関係よりも、生活の穏やかさや充実を何より重要視する人間だった。だから美砂子も結婚以来、波風の立たない静かな生活を送ることができた。もちろん多少の肉体的不満はあったが、何より心の安定があるのは、幸せだった——。

けれどこの一、二年ほど、そんな気持ちに齟齬《そご》を感じるようになっていた。夫の優しさがただの愚鈍《ぐどん》さと感じるようになり、このまま夫の傍らで老いていくのがたまらなく感じるようになった。離婚などは考えていない。彼への感謝もあるので、そんな気持ちは必死で隠したが、だからこそ苛立ってしまうことも多かった。

「更年期かな」

と、夫は言ってくれた。

美砂子は一人の時間が欲しかった。実家の片付けと整理のために、しばし無人の実家で暮らすというのは、実に便利な口実だった。夫が咎《とが》めることもなく、すんなりと送り出してくれたのは予想どおりだった――。

トーストとヨーグルトを食べ終えると、カップにコーヒーを注ぎ足し、書類に手を伸ばした。幾つかチェックしておかないといけない事柄がある。そして「TO DO」と表紙に記したリング綴《と》じノートを書類の隙間から引っ張り出すと、今日中に忘れずに電話をかける相手や、役所に電話して訊くことを書き記していく。

外で鵯《ひよどり》が鳴いている。

静かだ。夫が言ったように、このあたりは市街地から離れていて、落ち着いた田舎《いなか》の雰囲気が残っている。住宅街というほどには、家が密集していない。雑木林も近くにあり、さほど遠くない所に山が見える。

「んっ?」

しばし書類や備忘録作りに集中していたが、音がするので顔を上げた。

耳を澄ます。

鎖だろうか、カチャカチャという金属の細かい音がしている。そして何かがスチールの板にぶつかる鈍い音も……。

庭だ。何かがいる。

美砂子はダイニングルームとひと続きのリビングへ行き、ガラス戸のレースのカーテンをそっと開けて庭を見てみた。

父が無造作に植えた幾本もの庭木の奥に、傾いた物置が見える。そこに犬がいた。

(あぁっ)

美砂子の胸に、パッと灯《ひ》が灯《とも》る。

幼い頃から動物が好きだった。一人っ子のせいかもしれない。潔癖な母が嫌がるので、家の中では小鳥さえも飼えず、中型犬の雌犬を外飼いしたのは中学生になってからだ。捨て猫を拾い、自室に隠して飼ったが、見つかってしまったこともある。捨ててこいと言われたが、捨てられずに、友人にあげた。

「あぁ、どうしよう」

ふいにこの家に父と母がいると錯覚して、犬を見て気持ちが揺さぶられた。

（そうよ。大丈夫なのよ、もう）

今はヒステリックに騒ぎだす母も、その態度を嫌ってただただ妻に同調して美砂子を責めるか、あるいは、この家の居候のように知らんぷりするかのどちらかしかしない父も、もういない。

（どうせ売ってしまう家だもの、部屋に上げてもかまわないわ）

そう思うと浮き足立った。

美砂子はガラス戸を開け、沓脱《くつぬ》ぎ石の上のサンダルを突っかけて、物置まで近づいて行った。

赤茶色で短毛の、スマートな犬だった。瞳と鼻が黒々している。赤い革の首輪をして、そこにナスカンでリードが取り付けてある。

そのリードが、傾く物置と台座の隙間に絡んでしまい、犬は動けなくなっていた。

犬は緊張して身を硬くすると、近づく美砂子を凝視する。

（ベスにちょっと似ているわね）

尖《とが》ったマズルが、死んだ愛犬の一匹、ダックスの風貌を彷彿《ほうふつ》とさせる——そんなことを考えながら、美砂子はフッと横を向いた。

カーミングシグナル。目を合わせ続ければ、犬は敵意を持たれていると解釈する。『敵意はないよ。怖がらないで』という思いを伝えるために、犬同士がするように、視線を外す。そっぽを向き、美砂子は自分の体の側面を犬に向けて、ゆっくり近づく。

犬はすぐにキュンキュン鼻を鳴らし、前肢《まえあし》を持ち上げてはしゃぎだした。

美砂子の胸に嬉しさがどっと溢《あふ》れる。

「そう。いい子ね。大丈夫だからね。さぁ、おいで」

美砂子は自分でも苦笑するほどの甘い声を出して、しゃがみ込んで犬を撫《な》でた。飼い犬だからだろう、気を許すと、すぐに打ち解けてされるがままになっている。絡まったリードも、おかげですぐに外れた。

「いい子。よしよし、いい子」

犬の頭、背中や首を撫でていく。久しぶりの生き物の感触に、美砂子は興奮を覚える。

「うわぁ、可愛《かわい》い可愛い。いい子ねぇ、さぁ、いらっしゃい。お腹、空いているでしょう」

美砂子は立ち上がると、数歩歩き、振り返った。犬はすがるような上目遣いで彼女を見、目が合うと尻尾《しっぽ》を振った。

ゾクリとする歓《よろこ》びが美砂子を包む。

「おいで」

犬を見たまま数歩歩き、手招きした。犬は美砂子を追ってきた。

美砂子は今自分が飛びだしてきた、開いたままのガラス戸から、犬をリビングへあげた。

タオルを湯に浸して固く絞ると、犬の足裏や体を拭いてやる。リードを外して、首輪を確かめたが、名札や鑑札など、身元を証明する物は何もついていない。

触れた感じ、毛並みは悪くなく、特に痩《や》せているわけでもなく、病気をしている気配もない。リードが切れて、どこかの家からフラフラとさまよい出たのだろう。震災直後は、こんな迷い犬も多かったようだが、さすがに半年も経ち、その間ずっとさまよっていたとは思えない。昨夜、もしくは今朝、迷い出たばかりに見える。

そうして二時間ほど、犬と飽きずに戯れていたが、

「困ったわね。私にとっては、あなたは名無しの子よ。勝手に名前をつけてもいいものかしらね？　まぁ、いいわ。待っていなさい。少しだけ出かけてくるから」

美砂子は簡単に身支度を整えると、犬を家の中に置いて車で出かけた。

片道二十分ほどかけてホームセンターに行くと、ドッグフードと新しいリードを買って帰宅する。

食器棚から適当な器をふたつ出すと、ひとつに水、もうひとつにドッグフードを入れて、台所の隅に置いた。

犬は空腹だったらしく、缶詰のフードにがっつき、瞬く間に平らげた。それからリードをつけて庭を一緒に歩くと、何年も前からそうしてきたように、物置の裏で用を足した。

それから、その日は夕方まで、ダイニングテーブルで役所へ出す書類を書いたりする美砂子の足元で、犬は安心したように寝そべっていた。

夜、二階へ寝に行く美砂子を恨めしげに見上げていたが、犬はそのままダイニングテーブル

の下で寝た。

美砂子はかつての自分の部屋で寝ている。ベッドは十八歳まで毎晩寝ていた、頭の方に小物を置ける棚がついた、木枠にマットレスを敷いたベッド。昭和の子供部屋でよく見かけた代物だ。

部屋には他に、かつて読んだ文庫本が並ぶ本棚と机、何も入っていない洋服箪笥があった。今回東京から持って来た服は、洋服箪笥には入れていない。あくまでしばし数ヶ月の滞在。実家ではあるが、この家はもう、自分とは関係はなく、いずれはなくなる。なのに、ここで洋服箪笥に服を入れたりすると、この家に自分の今という人生のひとときがどっぷり浸かってしまうようで嫌だったのだ。

持って来た洋服は全てハンガーに掛け、隣の和室の鴨居にかけていた。


翌朝、階下に降りて行くと、犬は尻尾を振って美砂子を出迎えた。美砂子も嬉しくなり、膝を折って両手で抱き寄せる。

「うちの子になりなさいよ。ねっ?」

このまま飼い主が現れなければ自分が飼おう。夫と暮らす東京の分譲マンションはペット可だが、大型犬だと審査が必要だった。何より、一緒に暮らす夫が猫好きで、ベスを飼う時も小型犬ならと承知してくれたのだが、もうそんなこと構いやしない。

「午後にでも動物病院に行こうか。あなたの体にチップが入っているか調べて欲しいし、それに隠れた病気があるかもしれないから健康診断してもらって、それからもっと上等のフードや、お散歩の時のマナーポーチも欲しいわね」

美砂子はしだいに心に陽が差したように楽しくなり、浮き浮きと朝食を準備した。犬には、冷蔵庫にあったセロリと生の卵黄を、昨日のフードに加えて与えた。

犬はベチャクチャと音をたてて、ぺろりと平らげる。

それが人間だったら顔をしかめる派手な咀嚼《そしゃく》音は、犬が発すれば耳に心地よい。

生命そのものの音だと感じる。

美砂子はコーヒーを飲みながら、台所の隅で下げた頭を小刻みに動かす獣をじっと見つめた。

動物はいいなと、つくづく思った。与えた分の愛情を返してくれるし、余計な評価も駆け引きもなく、素直にこちらの思いに寄り添ってくれる。家の中に、自分以外の体温を持つ存在がいてくれるだけで、なんとなく心がほぐれるのを感じた。

実家とはいえ、無人となった家に寝起きして三週間余り、美砂子自身も気がついたら幽霊のような心地になっていたのかもしれない。

結局、迷い犬として取り上げられてしまうかもしれない、と、急に不安が込み上げたので、動物病院に行くのはやめた。不用意に散歩をしていたら、この犬を知る誰かに見つかるのではないかとまた不安になり、散歩に行くのもやめた。

かわりに庭で遊ばせた。

「東京に帰る時に、一緒に連れて行くから」

二日目の夜からはベッドに上げた犬に向かって、そう言葉をかける。

名前はまだつけていない。少しためらいはあるし、またこれといったものが浮かばなかった。

「ベス二号じゃねぇ……べ、ベス、ルル……べべ？」

語りかけると、犬はすっかり美砂子に懐いていて、傍らで寝そべっていたのが身を起こしてじゃれてくる。

前肢を美砂子の胸元に乗せ、左の乳房を潰す。

「いたたっ——そこは駄目っ」

たまらず身をよじる。

三年前に左乳房に癌《がん》が見つかり、手術をしたために、今でもある角度から圧迫を受けると、乳房に痛みを感じる。温存より軽い、部分切除という手術だが、十センチほどの傷跡が残った。

再発予防のためのホルモン剤は、今も飲んでいる。すでに閉経しかけていた体は、薬を飲むことによって、完全に卵巣の機能を止めた。

(自分はとうとう子供を産まなかったな)

五十を過ぎていたのだから、改めて思う方がおかしいのだが、医師からホルモン剤の説明を受け、完全に閉経すると告げられた時、そんな喪失感が、一瞬だが、湯水が湧くように胸の中に溢れたことがあった。

　子供を望んだことは、今まで一度もなかったのだが……。

　しかし次にはもう、これで煩わしさがなくなるのかと、清々しい気分でいた。

　いざ閉経すると性欲が消滅したようだった。

「こっちもそうだから、ちょうどいい」

　自身の変化を笑いながら言うと、夫もいつもの淡々とした口調で言った。

　夫は、美砂子の実家の処分にも口を出してこないように、常にうるさいことは言わず、一人で趣味の世界を楽しむ性分だった。美砂子より十歳年上の夫は、六十を迎えて勤めていた会社をいったん定年退職したあと、契約社員として変わらず同じ会社に通勤している。今年の夏からは、専門知識を買われて関連会社に出向している。仕事も趣味もどちらも好きで、その両方で日々の時間を取られる生活は、今も変わらない。そんな夫とは、もう五年以上も男女の関係はない。

　その間の一年間ほどは、美砂子の闘病が挟まれている。

　化学療法を受けた際に、あれは医療関連の小冊子だったと思うが、患者からの質問で、『療法中の性交渉は問題ないか』との問いかけがあり、答えている医師は『よくある質問です』と前置きしているのを読んで、意外というか、驚いた。

こんな命の芯を絞りあげて生を繋《つな》いでいる時に、夫婦間であっても性交渉を望む者がいることに驚いたのだ。いくらか呆れもしたが、すぐに、生を繋ぐために芯を絞って命を濃くしている時だからこそ営みを持とうとするのは当然のことなのだろうと思い直した。

（三十代や、四十代の人だって、治療を受けている人は多いもの。そんな人たちは、きっと——）

と、かつて男を激しく渇望した時代もあった美砂子は、そう達観した気分で考えた。

そんな美砂子にとって、迷い込んできた犬は今は何よりの相手であった。

台所の隅でバチャクチャと音をたてて食べ物を平らげる存在は、自分に代わってあらゆる生命活動を代行してくれる愛しい存在になりつつあった。

犬が来て七日目の朝、もうすっかりその存在に馴染んでいた美砂子はふいに、犬の咀嚼音を聞いていて、気づいた。

何に気づいたのか、解らないのだが、それが軽い衝動になって、下腹部を重く突き上げている。

（まだ、その気になれるだろうか？）

衝動に呑み込まれはしなかった。ただ、自分を突き放して見て、面白がっているところがあった。

美砂子はリビングの長ソファに浅く座る。スカートを捲《まく》り上げ、股間を前に突き出すようにすると、穿《は》いている厚手のレギンスのゴムの入ったウエストから中に片手を入れてみる。鈍い衝動に誘われるまま、指先を動かしていく。ショーツの股布の脇から中へ、そしてとうとう陰部に触れる。

衝動があっても、そこは乾いていた。昔なら——毎月血が流れていた頃なら、今頃は指が浸かるほど溢れていたが……。しかし下腹部から込み上げてくる熱い圧迫感がある。指先で軽くクリトリスを擦《こす》る。やがて愛液の漏れる感触があり、懐かしい興奮の残響を確かに聞いた。

過去の行為を思い出す。今までで一番記憶に残る行為をした相手は誰だったか……。悲鳴のような喘《あえ》ぎ声をあげていたっけ。体を揺らされ、たまらず声をあげてしまう、あの、突き上げてくる男に征服されている実感はよかった。思い出す男——夫ではない。二十年前の結婚以前に関係した男のうちの誰かだ。

『あぁ、いいよ。こっちもいいよ。おかしくなりそうだよ』と、男も動きながら絶えず喘ぎ、歓喜を伝えてきた。貫かれている感触よりも、男のそんな興奮の言葉に、美砂子は繋がっても意識が溶けて、淫靡《いんび》さが剥き出しになった。

自分がそんな風に崩れていくのが、嬉しかった。

「アァッ、いいわ。感じる。狂う」という言葉を絶えず口に出しながら、それ以上の忙しさで美砂子も腰を動かした。

体面の座位だったか……。肩より長い髪が揺れ、口元や鼻先を擦った。全身が汗に濡れ、頭皮からも脂やそれが滴り出ている感触があったが、髪からは今朝のシャンプーが軽やかに香っていたのも、覚えている。

（もうあんなひとときは、訪れないだろうな）

そう懐かしむ心に、ほほえましさを感じた。潔い諦めの気持ちがある。過去の記憶を頼りに、美砂子はさらに性器を弄《いじ》っていく。

しだいに指の動きは荒々しくなり、眉間《みけん》に皺《しわ》を刻んでしっかりと目を閉じながら、襞《ひだ》や突起を擦った。

久しぶりの感触だ。もうずっと触れていない。触れることも思いつかなかった。さっきよりはいくらか湿り気を帯びてきたが、もう昔のようにどっと溢れることはない。そんな枯れた肉体で自慰をするのが浅ましくも思われたが、行為に区切りをつけるため、軽くでいいから達したい。

思いきってクリトリスを摘む。ツーンとする、下腹部を糸で引っ張られるような快感が走る。

（そうよ、このまま……）

片足をソファに乗せて、腰を軽く浮かせると、乱れた気分になる。湿り気もさらに増した。やはり体がまだ反応するのだと確かめられて、喜びとも安心ともいえぬ思いが湧く。

が、膣に指を入れる気にはなれない。かわりに浮かせた尻を揺する。クリトリスを強く摘みもする。快感が強くなると自然と臀部《でんぶ》が力《りき》み、股間が前に突き上がる。その恰好をいやらしいと思った。

指先が、窮屈な下着とレギンスの下でせわしなく動きだした。

あぁ、と、声が漏れかかった。いけそうな気もした――

(アァあなたの前で乱れると、興奮したわ)

と、ふいに過去のいつかの男との戯れを思い出した――頭の中が真っ白になっているはずなのに、今でも、その寸前、瞼《まぶた》の隙間から見えた、ホテルのベッド脇のサイドボードの上に放り出されたコンドームの箱――その傍らに、一枚の破り剥いた包装やあるいは別の時、男の部屋の、いつも壁に掛けられているトレンチコートを見て、彼がこのコートを着ているのを見たことがないと、疎外感のような思いに駆られたことなどが蘇《よみがえ》る。

(こんなに体を密に繋げているのに私、この人の日常から締め出されているのね)

などと意外にも行為中に色々なことを考えていて、何十年経っていても、いまだに鮮やかに覚えている。相手の男の顔や、時には名前もあやふやなのに、行為中の男の短い言葉や声や、行為そのもの、その時の感覚や、美砂子を襲った感情の断片が、今、こうしてオナニーをして蘇る。

「いいわ。いいわ。もっと突いて、突いて。あぁん。欲しい、もっと」

と飴《あめ》を練るような粘つく声で訴えると、男たちは応えてくれて……。

男たちの顔は忘れても、彼らとの間で交わした、そんな時の恥骨がキリキリと擦れ合う感触までもが、今も記憶に鮮やかだ。そんな風に、過去を思い出してオナニーを続けている最中に庭で気配がしたのだから、たまったものではない。

犬は部屋の隅に丸くなって寝ている。

(風？　……違う。誰か歩いている)

庭に面したガラス戸にはレースのカーテンが引いてある。だから家の中を覗かれる心配はない。が、こちらからは庭が見える。傾いた物置や、父が植えた柿や梅の木の間を、人影がさまよっている。

「誰です？」

昂《たか》ぶりもすっかり冷めてしまい、美砂子は立ち上がって、着衣の下腹部周りを直すと、今までの熱狂は嘘のように涼しい顔でカーテンとガラス戸を開き、その人影に声をかけた。

「あっ、あの、犬を見かけませんでしたか」

そう言葉を返してきたのは、痩せぎすで眼鏡をかけた面長な青年だった。

2　飼い主

「どちら様？」

犬と聞いて、美砂子は緊張した。あぁ、とうとう飼い主が探しに来たのだなと理解した。

だけど渡したくない。

恋敵や夫の愛人がもし現れても、これほど冷たい態度はとらないだろうと思える冷ややかさで、美砂子は言った。

「あ、すみません。前は、確かここ、空き家だったと思ったので」

青年は真摯《しんし》で礼儀正しい物腰で、そう言うと、深くお辞儀をする。

とても感じがいい。美砂子の心はいくらか丸くなる。

「少し前から滞在していて……」

「亡くなった、あの松尾正《まつおただし》さんのご親戚ですか」

「正は私の父ですけど」

「あっ、それは……あの、僕の婆《ばあ》さん――祖母が、このお宅の正さんとは知り合いで、それで」

「そう。で、あなた、どちら様？」

「隣の字《あざ》の中砂《なかすな》です。僕は中砂蒼《そう》です」

そう名乗られても、美砂子は誰かは知らなかった。

「私、もう何十年も前にここを出て、たまにしか帰らなかったから、ごめんなさい、知らないわ」

「あの、松尾さんにはお嬢さんがいたって、祖母が言ってました。東京にずっと住んでいるって」

中砂蒼の口調は淡々としていて媚《こ》びがないのが、美砂子は好感を持った。

「それ私です。正の娘です」

「あぁ」

「犬なら、います」

「えっ、茶のミックスの雌ですか？」

蒼の顔が明るくなった。その時にはもう、本来の飼い主の声を聞きつけた犬が、美砂子の傍らから、庭に飛び出していた。

「なんだよ、ここだったのか。心配したんだぞ」

喜びと安堵《あんど》に顔を歪めてガラス戸に駆け寄る蒼と、後ろ肢で立ち、彼にじゃれつく犬。もしかしたらと想像した飼育放棄をしていたわけではなさそうだ。

彼らを見て、美砂子は急に白けてきた。

「こらっ」

先程までのかしこまった態度を変え、青年は犬を叱りつつ、その頭を擦るように撫でた。

「そんなに大切なら、しっかり管理しないと」

再会した犬と飼い主の親密な空間から締め出されて、美砂子はいじけた気分を、そうきつく注意することで晴らした。が、言ったそばから、そんな自分にゾッとした。昔は、こんなことを言えなかった。意地悪な中年女そのものだと、自分の年齢を感じて美砂子は慌てた。

「すみません。ほんとそうですよね。リードを買い換えなきゃと思って、つい。家の中で飼いたいけれど、祖母が昔の人だから、大きな犬は外だと言ってきかなくて。あなたみたいに、親切な方に保護されていて、本当によかった。ご飯もちゃんと与えてくれていたようで。いつからですか？」

「もうすぐ一週間かしら」

「じゃあ、いなくなってすぐだ。お宅の前は、散歩で時々通りかかっていて、その先の雑木林が、ユメ子のお気に入りの場所で」

「ユメ子、っていうのね、ワンちゃん」

「あ、そうです」

自分なら絶対に名付けない『ユメ子』という犬の名前だ。若い青年に、もやもやと違和感を覚えながらも、それが少し面白くもあって、彼を誘ってみる。

「上がりませんか。お茶かコーヒーでも」

このまま犬を連れて行かれると思うと、やはり辛《つら》い。そんな気持ちもある。

「いえ――」

青年の戸惑いと遠慮に、少し苛立つ。

「いいのよ。ワンちゃんと、お別れするのが寂しいから。今、少しだけ」

情が移ったことを告白すると、青年は困惑するような、でも、細い銀フレームの眼鏡の奥から優しい眼差しで美砂子を見た。

青年は庭に飛び出た犬と一緒に玄関に回り、犬と共に家に上がってきた。ドアを開いて彼らを招き入れる美砂子は、自分の右手の指先から、生ぬるい牛乳のような性臭が絶えず匂っているのが解っていたから、胸の鼓動が速くなった。身動きすれば、ショーツの中で、股間でヌラヌラとした滑りをまだ感じる。早くトイレに行って拭き取りたいが、初対面の青年の前なので、つい行きそびれる。

「犬を保護して、世話してもらったうえに、僕にまで、すみません」

コーヒーと一緒に、お皿にお菓子を適当に並べて出すと、青年は恐縮する。彼が座るのは、さっき美砂子が自慰に耽《ふけ》っていた長ソファだ。

美砂子は彼の斜め前に位置するシングルのソファに座ったが、途中で台所に行き、犬のために買ったフードや、リードなんかを蒼に手渡す。犬の匂いもまだ移っていない新品だ。

「勝手に、こんなものを買い揃えてしまって。良かったら使ってください」

「あ……すみません。色々」

改まると会話が途絶える。青年は、ダイニングのテーブルの上に重なる書類へ目をやり、

「お仕事ですか？」

と、尋ねてきた。

「いいえ。私は専業主婦よ。ここを売るので、東京から一人でここに来て色々と書類を作って

いるの」

青年の表情が、少し変わる。

「じゃあ、こっちに住むわけじゃないんですね」

「ええ。私は東京に夫と住んでいるから……」

と答えながら、青年に興味が湧いた。

「あなたは、ずっと、こっちに？」

面長に筋の通った鼻に眼鏡の理知的な雰囲気。やや長めの無造作な髪。まだ二十代だろうか。穏やかで、おとなしそうな男だ。

(嫌いじゃないわ)

と、美砂子は思う。高校の時に憧れた世界史の教師にちょっと似ている。

「いえ、今年の――震災の後に。それまでは僕も東京に住んでいて」

「あら、どこ？」

「杉並です。高円寺《こうえんじ》」

「懐かしいわね。独身だった頃、阿佐ヶ谷《あさがや》に住んでいたの。近いでしょう、よく行っていたわ、高円寺。すごく懐かしい」

急に仲間を見つけたようで、美砂子は思わず心が弾んだ。

「最初に暮らしたのは中野《なかの》よ」

「ＪＲの方ですか？」

「いいえ。青梅街道《おうめかいどう》に近い、最寄り駅は地下鉄丸《まるの》ノ内《うち》線で」

「えっ、じゃあ鍋屋横町《なべやよこちょう》は」

「知っているというか、日々の生活は、あそこで済ませていたというか」

「僕もあの近くに住んでいたことあります。そこから去年、高円寺に越したんです」

「えぇぇ、そうなの」

思いがけず、会話は弾んでいく。

「どうして、またこっちへ戻って来たの？」

二杯目のコーヒーをそれぞれのカップに注ぎながら、美砂子は訊《き》いた。青年への興味より、気心の知れた相手とお喋《しゃべ》りをしたいという欲求の方が強い。今日会ったばかりで気心が知れたもないものだが、中砂蒼は、今のところ話していてウマがあった。偶然にもあの広い二十三区の同じ町を選んで暮らしたという奇遇も、大いに親しみを持ってしまう。

美砂子はこの半月というもの、役所の人間や司法書士と事務的な話をするばかりだった。長く故郷を離れていたので、同級生との縁もほとんど消えている。

「僕がこっちに戻って来た理由ですか――その前に、トイレを貸していただけますか」

「どうぞ。廊下に出て、最初の右のドアだから」

一人になると、美砂子は饒舌《じょうぜつ》な今日の自分が、なんとなく恥ずかしくなってきた。いい歳《とし》をして、何をはしゃいでいるのかしらと、自分を戒めてみたりした。

「ありがとうございました」

蒼が戻って来る。彼はソファに戻る際、通り過ぎた壁際の飾り棚の上の、写真立てを元に戻す。

「いいのよ、そのままで」

フレームの中には、家族写真が入っていた。美砂子が中学生時代に撮影した写真だ。

「伏せたままで？」

蒼は改めて尋ねてくる。

「ええ。伏せておいて」

言われたとおりにして、蒼は戻ってくる。

「死んだ人間が二人も映っているでしょう。いくら両親とはいえ、なんだか嫌で」

蒼は黙って頷《うなず》く。

「おかしいかしら？」

「いいえ」

彼の納得したらしい様子に、美砂子は安堵した。

「この家の、ここで、撮ったみたいな」

「何が？　あぁ――あの写真、ええ。そうなの。ピアノの発表会の日に撮ったのよ」

「ピアノ、弾くんですか」

「ただの習い事よ。えぇ、奥の部屋に置いてあるけれど、ピアノ。今はもう弾かないわ」

「どうしてですか。もったいない」

「それほどの腕前じゃないわ。母がやらせたくて、無理やりお教室を見つけて通わせたの。音楽を聴くのは好きだけど、演奏は苦手で、何年経ってもぜんぜん上達しなかったわ。だから年に一回ある発表会の日は憂鬱《ゆううつ》で」

「あの写真の日ですね」

「えぇ、あれも、昔だからフィルム写真でしょ、タイマーを使って皆で撮って。母は私よりも張り切って、着飾って観に来たわ。あの写真を見ると、そんなことまで思い出すから嫌なの」

発表会が終われば、一年間の進歩が全くないと、母から嫌味と小言を言われたのだったっけ。

「可愛がられていたんですね、美砂子さんは」

「そうかしら」

蒼の言葉に、美砂子は自然と苦笑した。

「蒼君、あなたは?　楽器の演奏なんてするの？」

「アコースティック・ギターを少し」

「そうなの」

「でも下手《へた》ですよ。それこそ、僕は絵を描く方が得意というのか、好きなんです。美術学校を出ていて」

「東京の？」

「はい。美大を受験したけど落ちてしまったんです。父は僕には公務員にでもなって欲しかったらしくて、絵を勉強するなら自分のお金で行けと言って、浪人を許してくれなかったんです。そこを粘って、なんとか二年間の美術学校の学費を出してくれることになって、それで東京に」

「お母さんも反対されたの？」

「母は、僕が小学生の時に死んでいるんです」

「あ、そうだったの……ごめんなさい」

「いえ、別にぜんぜん」

「じゃあ、お父さんと、あなたと――」

「実家には、今、あと婆さんが。僕がずっと東京で暮らしていた時は親父と婆さんの二人暮らしでした」

「春の震災でもご無事だったのね」

「はい。まぁ、この辺は死んだ人もいなかったと思います。建物とか壊れたぐらいですか。ただ、それから婆さんのことが心配になって。ユメ子も大きな犬だから、婆さん一人じゃ世話が大変になってきたし、親父は勝手な人で、家にはいたりいなかったりで」

「高齢者は常に誰かそばにいた方がいいわね——そういう私は、一人になった父のそばにはいなかったけれどね」

「ちゃんと施設に入られたから、正さんは」

その施設にも、美砂子はあまり面会に行かなかった。「遠いから」というのを理由にしていた。

蒼の父親が家にいたりいなかったりというのはなぜなのだろう。女性関係だろうか。

「それで、お婆さんが心配で、こっちへ？」

「そうですね。母が生きていたら、そんなことはしないけれど、一人だから……」

「優しいのね。ああ、お婆さんが、お母さんがわりだったのかしら」

「はい、僕の面倒は、全部婆さんが……でも、それだけじゃなくて、僕も——」

蒼は少し言い淀んでから、

「東京でうまくいかなくなって。美術学校を出てから働いていた先が倒産しちゃって。絵を描いていてもなんかこう、悶々としちゃうし。でもこっちに帰ってきても、親父と衝突ばかりで」

「今は何かしているの？」

「夏に短期でバイトして。この前、被災地にボランティアで一週間通ったけど、あとは婆さんの病院の送り迎え、買い物と、家のことを少し」

「それだけすれば充分よ」

そして美砂子は少し躊躇《ちゅうちょ》してから、

「私は、東京の美術短大を出たの。それで卒業してから小さなデザイン会社に就職して、数年で辞めて、フリーになって」

「へぇ、すごいな」

蒼が勢いよく話題に食いついてくるので、美砂子は少々面映《おもは》ゆい。

「私たちの時代はまだ仕事の口は多かったから……」

「でもスゴイな、東京で、そんな風に仕事していたなんて。僕は、絵は描いていたけれど、ぜんぜん違う。生活するために雇ってくれればそれでいいといった感じで、勤めたのは別業種の会社だったから」

「世代が違うから。あなたたちの時は大変だったでしょう、仕事が少なくて」

「えぇ……まぁ。それより、今は絵は描かないんですか？　美砂子さんは」

「昔は好きで時々は描いていたわ」

「見てみたいな」

「今度ね」

と言ってから、あぁ、この青年と縁ができたと実感した。

「考えてみれば、蒼君の亡くなったお母さんは、私と年齢は同じぐらいなのじゃないかしら？」

「えっ、そうなんですか？」

「私、五十代後半よ」

少しだけ、言葉を吐き出す時、舌に摩擦を感じた。

しかし既婚者であることも、すでに告げている。

微《かす》かな後悔を無視して、美砂子は正直な身の上を告げた後の気軽さを楽しむ。

「絵が好きなのは、お母様の影響とか？」

「かもしれません。いえ、母は別に絵を描いたりなんてしてないんですが、画集が本棚にあって、全部母が遺したもので、絵が好きだったみたいです。展覧会の図録とかもあって、子供の頃から、それを眺めるのが好きでした。その影響で、絵を描くようになったのかもしれない」

死んだ母親を語る青年の顔が、急に輝きだした。母への憧れや愛情を隠しもしない。

「羨《うらや》ましいわ」

美砂子はつい呟《つぶや》いてしまった。

「えっ」

青年は何を言われたのか解らないらしい。

「いえ……あなたみたいな立派な息子さんがいて」

母になりたいと望んだこともないのに、蒼のような息子から賞賛してもらえる女性が羨ましくなった。同時に、ためらいもなく母への思いを口にする青年が疎ましくもある。

——自分には、どちらもない。

美砂子はふと惨《みじ》めさを感じて、話題を変えた。

「あなた、どんな絵を描いているの？」

「風景画とか、静物画とか……人物は描かないんです。美砂子さんは？」

「最近はぜんぜん描いてないから」

「昔に描いたものとか、ないんですか？」

「それならあるわよ……待ってて」

「見てみたいです。ぜひ」

彼の熱心さに、美砂子は苦笑して二階へ上がって行く。高校時代のスケッチブックが数冊残されていて、先日発見した時は、懐かしいなと、その場でしばしページをめくりながら眺めたものだった。

「好きなものを、好きなように描いただけだけど、こんなの」

近所の風景や、花瓶と花や、庭の木なんかが鉛筆で描かれている。他には、ポストカードや雑誌を見て描いた昔の映画スターのポートレイトもある。

「マリリン・モンロー？」

「マレーネ・ディートリッヒよ」

「カッコいいな」

「デッサンが上手にとれてなくて、絵画というよりもイラストかしらね」

「だとしても、いい絵ですよ」

「次は、あなたの絵を見せてよ」

当然のように美砂子は言った。スケッチブックに向ける蒼の眼差しが実に真剣なので、自然と彼の作品を見たくなったのだ。

「じゃあ、今度、持って来ます」

蒼の口調は自然だ。

「約束よ」

小さな楽しみができたと、美砂子は胸の中が温まるようだった。


中砂蒼が再び訪ねてきたのは、四日後の午過《ひるす》ぎだった。

美砂子は昼食を食べようと、焼きそばをこしらえていた。お腹が空いていたので、多めに作り、紅ショウガと青のりも用意し、さて食べようという、なんとも色気のない状況に現れた青年が、なんだか恨めしい。

青年はユメ子を連れ、肩に大きなトートバッグを掛けていた。

「散歩にこちらまで来たので」

絵を見せると約束したのに、美砂子を訪ねて来たことを、犬の散歩のついでのように言い訳をする。

それを青年の羞《は》じらいと見て、微笑《ほほえ》ましく思えばいいのだろうが、美砂子はなんとなく彼が自分から距離を置こうとしているように感じて、嫌だった。

が、しかし、

「これからお昼なの。あの、焼きそば食べる？」

と言うと、蒼は目を輝かせた。

「いいんですか？　僕、好きなんですよ」

「あら、焼きそばが？」

「はい、好きですね。でも自分ではあまり作らなくて」

「簡単よ。でなければ、お祖母《ばあ》さんに作ってもらえばいいのに」

「うーん、焼きそばは、あまり美味《うま》くないんですよ。婆さんのは」

などと砕けた調子になる。

「多めに作ってよかったわ。今持ってくるわ。上がって待ってて」

ダイニングテーブルをふり返ると、そこに青いタートルネックのカットソーにカーディガン姿の蒼が座っている風景が、ひどく新鮮でまぶしく見える。

彼の足元に、犬も座っていた。

「私はパンに挟みます」

トーストの焼きそばパンを頬張る美砂子の向かいの席で、蒼も焼きそばを食べる。箸《はし》の使い方が静かで品があるのが、美砂子の気に入った。

「すごく美味しいです。こういうの食べたかったんですよ」

「付属の粉末ソースをかけただけよ。あっ、お醤油を少し、隠し味に」

「焼き加減がいいです」

たかだか急いで作った昼食の焼きそばを真面目に誉める蒼の様子がおかしくて、美砂子は笑った。その拍子に、パンの間から焼きそばがこぼれた。それをサッと手で摘むと、もう何年も前から青年と知り合いだった気がして、いくらか残っていた緊張も和らぐ。

食後、この前と同じようにコーヒーを淹《い》れ、お菓子を出して、今度は青年の絵を見せてもらう。

大判のスケッチブック二冊とクロッキーブックが一冊。スケッチブックのページは、ほとんどがオイルパステルで田園風景が描かれていた。

予想以上に技術力のある、いい絵だと思った。

「本当ですか。嬉しいです。個性に乏しいんじゃないかと、ちょっと不満なんですけれどね」

「そうは感じないわ。多くの人に好まれる絵だと思う。描き続けて欲しいな」

「美砂子さんに言われると、俄然《がぜん》やる気が出て来ます。最近ちょっとスランプというか、くさってたんで」

「倦《う》んじゃう時ってあるわよね。でもまた、楽しくなる時が来るわよ。どうしても描きたい欲求が出てくる時がね。なんだか私も描きたくなってきたわ」

「美砂子さんも忙しいんでしたね。すみません。あんなに書類があるのに」

蒼はダイニングテーブルの隅に、相変わらず重なっている書類を指さす。

「いいの。少しは骨休みもしないと。あの書類を片付けたら、次には家の中の荷物整理も待っているのよ。ゾッとしちゃう。この冬の間に終わるかも怪しい。だから遊びに来てくれて、こうしてお喋りしたりするのが、すごく息抜きになっているの。感謝しているわよ」

「なら、また遊びに来ます」

実家に帰ってきてから、もう少しで一ヶ月が経つ。誇張でなく、美砂子はこの日々に、蒼が新しい窓を開いてくれたような、新鮮な気持ちになっていた。


ふたりで焼きそばを食べた翌日、美砂子は市内の美容院に行った。

被災から逃れた町は、以前と変わらず様々な店舗が開いていたが、やはりどこか閑散《かんさん》としている。

あまり大胆に印象を変えないように、毛先を少しだけカットしてもらった。肩にかかっていた髪は、肩の少し上になった。そしてカラーリングをしてもらう。派手な色合いは避け、黒に近いブラウンを選ぶ。

「若々しくなりましたね。お似合いです」

美容師の、あながちお世辞でもなさそうな誉め言葉に微笑みを返して店を出ると、駅前のデパートに入り、洋服とアクセサリーを見て回る。大して掘り出し物はなかったが、美砂子の心は華やいでいた。

とはいえ田舎のデパートは、どのフロアを歩いても、どことなくくすんでいる。都会風な造りの飲食店を見つけ、昼食を食べ、コーヒーを飲むと、フロアの奥まった場所にある書店と、そこに隣接する文房具店に入った。

まずは書店で雑誌を手に取り、今月の星占いに目を通した後、文房具店の画材コーナーに向かう。美砂子はF2サイズのスケッチブックとチャコール鉛筆、そして練りゴムを買った。久しぶりに楽しい気分だ。

別に誰が来るわけでもない、何の予定もないが、美砂子は早起きになり、まず最初に身支度を整えるようになった。外出する時のように薄く、しかし念を入れた化粧をして、服装にも注意した。

蒼は一週間、顔を見せなかった。

若いし、用事も色々あるでしょう。そんな風に思っていたが、一日ごとに焦《じ》れが強まり、胸の奥に凝《こご》ってくる。

息子が成長し、友人宅に外泊などするようになると、親はこんな気持ちになるのだろうか、などと思ったりする。手持ち無沙汰のような、何か心配のような気がかりのような、少し苛々するような……。

美砂子にも外出の用事は色々ある。銀行、役所、税務署……。

この家の処分のための書類やら調べ物をして疲れると、テーブルの上を片付けて、先日購入したスケッチブックを開いた。チャコール鉛筆で、ガラス戸から見える柿の木をスケッチしていると、このまま絵だけを描いていたいと思う。

久しぶりに、絵を描くことが楽しくなってきた。

その時も、そうやって絵を描いていた。そうしたら、外に車の停まる音がした。

蒼だった。彼は乗ってきた軽のハッチバックを開くと、小ぶりの段ボールを一箱下ろす。なかなか重そうだ。

美砂子がリビングのガラス戸を開くと、蒼は段ボールを抱《かか》えて庭からやって来た。中には林《りん》檎《ご》が沢山入っている。

「うちの婆さんが持って行けって。ユメ子を面倒見てくれたお礼にって」

「まぁ……こんなに。どうぞ上がって」

林檎は秋映えで、どれも深い色を閉じ込め、艶《つや》も豊かに美味しそうだ。

「本当なら自分がお礼に伺いたいけどって、……あっ、あとこれも」

蒼はスーパーのビニール袋にいっぱいの青菜も差し出す。彼の祖母が畑で作ったものだという。採れたてなのは、言われなくとも解る。葉先までピンとし、茎が反り返るくらい瑞《みず》々《みず》しい。

「ありがたいわ。こちらこそお礼を――」

「いいんです、そんな。美砂子さんの言葉だけ、婆さんに伝えておきますから」

蒼は苦笑して、顔の前で手を振ると、

「そんなことよりも、絵を描いていたんですか？」

と、テーブルの上を見て、目を輝かせる。

「あなたの影響ね」

「見たいなぁ、いいですか」

思わず食卓に近寄ると、彼はスケッチブックに手を伸ばし、美砂子をふり返る。

美砂子は笑って頷いた。

「ここから庭を描いただけだから、特別面白くはないわよ」

「いいじゃないですか。とても雰囲気がいいなぁ。ちょっと暗い樹の感じが……チャコールペンシルの使い方が上手いですよね。僕、こんな風に表現できないな、あれ、難しいんですよ。濃淡を出したり、細かな描き込みが」

蒼は二枚のスケッチを熱心に見てくれる。

「本当なら、もっといい景色をスケッチすればいいのでしょうけれど」

「あっ、僕、明日にでも行こうと思っていたんですよ。そこの山」

蒼がスケッチブックから顔を上げた。

「そこって？」

蒼が告げたのは、このあたりの里山だった。故郷であるにもかかわらず、美砂子は小学校の遠足で一度登ったきりだ。あまり記憶にも残っていない。

「大丈夫ですよ。展望台があって、車でも行けますから。行ってみますか？」

「そうねぇ……えぇ、行ってみようかしら」

美砂子は静かに返事をしたものの、本当はこんな時間が人生に訪れるのを心の奥底で強く望んでいたことに気づいた。

3　心通わし

水打山《みずうちやま》は標高四百メートルほどで、山頂付近には水打神社があり、駐車場や茶店、そして展望台が、神社を中心に広がっている。

観光スポットであるが、人の姿はあまりない。

観光と言っても、さほど有名な場所でもないので、訪れるのは近隣の人間ばかり。震災が起きて一年も経たない今、紅葉シーズンとはいえ、人々はそんな気分でもないのだろう。おまけに今日は平日だ。

神社では、賽銭《さいせん》箱の前で、老夫婦が熱心にいつまでも手を合わせて何かを祈っていた。美砂子も蒼も、彼らの後に続いて参拝した。山の上は――いや、今はまだ町中もだが、皆が自然と無口でいて、心の芯に固い誓いや祈りを秘めて気を張っている、そんな空気が満ちている。

二軒ある茶店の一軒はシャッターが下りていた。もう一軒は甘酒しか出せないという。カウンターの壁には、『味噌おでん』『豚汁』『山菜うどん』などと書かれた短冊が貼ってあったが。

美砂子はサンドイッチを手作りして、二人分持って来ていた。

甘酒を飲んでいると、お昼には間があるからと、蒼が山道を歩き出した。

「少し先に、見晴らしがよくて、ベンチが置いてある場所があるんです。よくそこで描くんです」

「あなたの、お気に入りのポイントね」

最初はそんな会話を交わしていたものの、さすがに山道は勾配《こうばい》があり、息が上がって、二人は言葉少なになる。

歩いていると体が温まった。美砂子は厚手のコーデュロイのジャケットを脱ぎ、抱えた。

蒼はデニムのパンツに包んだほっそりと長い脚を軽やかに動かし、美砂子の前を行く。画材を入れたデイパックを背負い、スケッチブックは大きなトートバッグに収めて肩から提げている。

美砂子も今日はスラックスにスニーカーというでたちだ。いつもはサブバッグとして使っているトートバッグに、全ての持ち物を入れている。それを肩から提げているが、時々、反対の肩に掛け直さないと重くてやりきれない。

　歩きながら、美砂子は時おり前を歩く蒼の後ろ姿を眺めていたが、そのうち彼が最近髪を切ったことが解った。襟足《えりあし》が綺麗に揃えてあり、以前より短い。無造作に伸びて、少々ボサッとしている方が好きだったが。

「ここです」

　蒼が言ったとおりの場所に出た。美砂子が想像したより、多くの大木が背後に迫り、鬱蒼《うっそう》としている。代わりに目の前が拓けて、遠く西に向かって見晴らしがよい。

「あぁ、あなたのスケッチブックにあったわね、この景色」

　二人はベンチに並んで座り、それぞれがスケッチブックを開いて描きだした。当然、会話はなくなる。美砂子は喉が渇いたので、保温ポットに入れてきた紅茶を飲んだ。つい、「飲む？」と蒼に声をかけたくなったが、やめた。

　口うるさい大人と思われることを怖れたからだ。相手は子供ではない。

　しかし男の子というのは、何かと世話をやきたくなる存在だと、初めて知った。特に蒼は母がいないというのだから。祖母と暮らしているとはいえ、不自由な思いはしていないか、など、なんとなく日常のアレコレが気になってくる。

「……温かいやつですか、それ？　僕もさっき、あそこで買ってくるんだった」

急に蒼が手を動かしながら言った。

「飲み物、持ってこなかったの？」

「……忘れちゃって」

美砂子の持参したポットは大ぶりなもので、キャップがカップになるのだが、その内側には予備の白いカップが重ねて付属している。美砂子はその白いカップに紅茶を注ぐと、そっと蒼に差し出した。

「ありがとうございます」

青年が手を止め、カップを受け取る。

紅茶で温まるとふいに、美砂子に昔の記憶が蘇る。

「ねぇ、この隣の山に露天風呂があるの知らない？」

「いえ」

「あるのよ。昔は林業に従事する人たちの湯治場《とうじば》みたいだったけれど、林業って廃《すた》れてしまったでしょう。どうなっているかしら？」

「行ったことあるんですか？」

「だいぶ前にね。祖父が生きていた頃、祖母も一緒に連れて行かれた記憶があるの。もう朧気《おぼろげ》だけど」

蒼は「へぇー」という顔をするばかりだった。若いし、湯治と聞いても興味が湧かないのかもしれない。

「お腹、空かない？」

「実は、空いてます」

「サンドイッチがあるの。ツナと、ハムとチーズ、それから卵。クリームチーズとジャム。ジャムはブルーベリーだけど」

「すごいなぁ……全部食べたいな」

「いいわよ。どうぞ。今、食べる？」

「……あと、少し」

二人で山の上まで来たからか、夢中で絵を描き合っているからなのか、いつになく蒼が遠慮を無くしているらしいのが、美砂子は嬉しかった。

子供が自分のこしらえた食事を夢中で食べてくれると、やはり嬉しいのだろうなと、連想も飛んだ。子供を持つなど嫌だとずっと思っていたが、蒼を前に、今はそんな想像が楽しい。

「何が一番好き？」

食事をはじめると、たわいなく質問した。

「ツナかな。いつもサンドイッチはツナを選ぶんです。これ、最高に美味しいです」

「じゃあ、私の分もどうぞ」

蒼の指先が、濃い鉛筆で汚れているので、ウェットティッシュを渡すと、彼は嬉しそうに羞じらって笑う。美砂子は心の奥に、喜びが積み上がり、充足感を味わった。

ハムとチーズのサンドイッチを一口齧《かじ》り、目の前に広がる景色を見る。マスタードの辛みに舌を刺されながら、紅や黄の紅葉が目に心地よく染みていくままにする。

景色は絶景といってもよかった。美砂子は若い青年とこんな所で二人で過ごしている今が、不思議なひとときに思えてくる。

「こんな時間を過ごせるなんて。人生には想わぬことが起きるわね」

思わず呟いた。自分が、自分の日常から解き放たれるようだった。

ここへは蒼が運転する、彼の車に乗せてもらって来た。やましい思いはない。二人の抱えるスケッチブックが、この状況を晴れやかなものにしている。

「どれも美味しい。やっぱり買って食べるより、手作りのものって美味しいですね」

お世辞でもなさそうな、蒼のそんな言葉に美砂子は嬉しくなった。

「そうやって、美味しい美味しいと食べてくれると、作りがいがあるわ。子供をもったことはないけれど、こうしていると、母親の気分がなんとなく味わえるわね」

美砂子ははしゃいでいた。言ってしまったあとハッとしたが、すぐに幼い頃に亡くなったのだから、『母親』といっても、青年が傷つくことはないと判断した。

蒼は苦笑していた。そして、

「親というのは歳を取らない若い娘のイメージしかないんです。いつの間にか自分がその年齢を超えてしまったけれど」

と、また苦笑する。

美砂子はなんだか嫌な気持ちになってきた。青年の口ぶりから、彼がどれほど母親を慈《いつく》しみ、愛しているかが伝わってくる。自分には、これほどの思いを抱いてくれる誰かがいるだろうか？答えは解っている。誰もいないと。

（……羨ましいわ）

もうこの世の者ではない女へ羨望の気持ちが湧き上がる。嫉妬《しっと》は苛立ちとなって、胸の中をジクジクと苛む。痛みを堪《こら》えるように、美砂子は口をつぐんだ。

元から口数の多くない蒼といて、美砂子が無口になると、会話は途切れがちになる。サンドイッチを食べ終えてから、二人は再びスケッチにいそしんだ。描くことで無言になれるのが救いだ。

美砂子はしかし、それほど熱心には、もう描かなかった。無言でいることの口実に鉛筆を動かしていた。

「そろそろ……」

時間を確かめて、そう言うと、蒼は頷いて片付けを始める。最後に互いの作品を見せ合った。

「うん……いいんじゃない」

美砂子は微笑みつつ、熱を入れない感想を口にしただけだった。

(私はこの青年に何を求め、何を期待していたのだろう。彼の母親になりたかったの？　母のいない了と知り、その代役になれるかもしれないと期待して、彼の懐に入って行きたかったの？)

「いいですね。やっぱりチャコールで描くと、雰囲気が違うな」

ぼんやりと考えが巡るままになっていた美砂子の状態に気づかないまま、蒼が好意的な感想を口にした。

帰り道、美砂子は助手席の窓を下ろして入ってくる風が顔に当たるに任せた。

美砂子は温かな親子関係というものを知らずに育った。束縛によって味わわされた閉塞感、過干渉、親自身が持て余した怒りや不安といった負の感情のはけ口にされることなど、自分も同じことを子供にしてしまう不安もあり、誰かの親になることを怖れさえした。

(でも、それって間違いだったのかもしれない)

と、先程からチラチラとそんな思いが込み上げていた。亡き母を愛しげに語る蒼を見て、子供がいれば、その子が自分のことをそんな風に語ってくれたかもしれないと、夢のような妄想が浮かんできてしまう。

(私も、一人ぐらい産んで、母親になっていたら、もっと違っていたのかもしれない……)

そう考えて、美砂子は気が沈んでいった。

そんな心情は、隣で車を運転する青年に、やがて伝わったらしい。蒼は、無言のまま、ひたすらハンドルを握るばかりになっていた。

急に青年と会うことが苦しく感じられた。

「また――あぁ、でもね、ちょっとこれから忙しくなるの私」

家の前まで送ってもらった美砂子は、車を下り際に、そう告げた。暗に、今までのように訪ねて来るなと、青年に伝えたつもりだった。なんだか蒼と今までのように顔を合わせるのが辛かった。彼がまた愛しげに母親のことを話しでもしたらと思うと、苛々してしまった。今の彼は、美砂子の劣等感を刺激する。

それでも、拒絶するようなことを言ってしまったとためらいがふと生まれ、

「寄っていく？　コーヒーでも？」

などと、美砂子は運転席へ顔を向けた。

しかし、

「いえ今日は、僕もこれから、ちょっと……」

前を見たまま蒼は答えた。

これからちょっと、という言葉が、また美砂子の胸にチクリと刺さる。これから、いったい青年にどんな用事があるというのか――。

彼から懐いてきたような雰囲気を感じていたが、今は彼の世界から締め出されているようだ

った。

「そう。じゃあ」

少し笑顔を見せてから、敷地内に入った。家の鍵を取り出していると、蒼の車が走り出す音がした。

（もう、会わないかもしれない）

それでもいい。美砂子はそう思いながら、玄関に入り、施錠をした。

第二章　刺青の男

1　メデューサを背負う男

蒼と山へスケッチに行った翌日、美砂子はなんだか心が乱れて落ち着かなかった。やるべき実家の整理にも手がつかず、全てを業者に任せて、すぐに土地家屋を手放して楽になろうかと、書類や見積もり計算をする手を止め、ペンを投げ出してしまったりした。

この家が嫌いだ。嫌なことばかりだ。昔も今も。いっそのこと、この手で壊してやりたい。そんな風に苛立ってきた。

母はよく言っていた。役所に勤めて、いい頃合いに結婚をと。あれは高校三年になり、進路について夕飯の席で話した時だ。珍しく父も同席していた。美砂子は父に初めて意見を訊いた。すると父は真顔で『お母さんが言うことが、おまえにとって最善の生き方だ』と言った。美砂子は耳を疑ったものだった。今にしてみると、妻と意見を対立させて、夫婦間に波風を立てるのが、父は面倒だったのだ。娘の進路になど、興味もなかった。しかし美砂子は、なぜ父は、自分の力を発揮して人生を生きろと言ってくれなかったのかと、だいぶ後まで苦々しくこの夕飯の時のことを思い出したりした。

（あれは、この食卓で起きたことなんだわ……）

そんな思い出に浸ってしまったりして、昨日の帰路から、美砂子の気持ちはずっと沈んだままだった。

その翌日、美砂子は思いたって、蒼に話した山の露天風呂に行くことにした。

木こりの湯治場とか、山の湯などと地元民から呼ばれる山間《やまあい》の露天風呂。一人、二人、物好きな年寄りがやっては来るだろうが、もう決して昔のように多くの人で賑《にぎ》わうこともないだろう、忘れ去られた無人風呂。

そんな風な人気のない場所が、美砂子は昔から好きだった。

（もう少し円満な親子関係だったなら、案外と自分も東京の短大を出てから実家に戻り、こちらで暮らしていたかもしれない）

市街地で仕事を見つけ、実家から通い、やがて恋愛をして家庭を持つ。そんな自分を一瞬想像して、思わず苦笑した。

（やだわ、気持ち悪い）

キーを抜いて、外に出る。

砂利《じゃり》の敷かれた小さな駐車スペースには、案の定、美砂子の車の他は、一台も見当たらない。駐車場の脇に石段が作られ、少し上がると曇り硝子《ガラス》に温泉マークが描かれた戸があり、開くと町中の銭湯と変わらぬ造り。

違うのは、番台も人もいないことか。『お一人様二百五十円』と段ボールの切れ端にマジックで書かれたものが台の上に立て掛けられ、その前に空き缶が置いてあった。

父の葬儀の日、ここへ来ることを思いたち、夫を誘ったことがあった。しかし夫は、そういうロケーションの風呂は苦手だと言うので、結局は行かずじまいとなった。

こういう点は、いつも食い違う。最初は、その違いが新鮮だった。離れた年齢とあいまって、自分とは違う、異質な人間と密着している実感に心が躍ったし、夫も歩み寄ってくれた。そのことが、何より嬉しかったのだが――。


脱衣所は男女に分かれていたが、曇り硝子のはまる、古い木枠の戸を開けば、記憶の通りすぐそこは露天風呂だ。

この湯は混浴だった。陽ざしが底にまで差しこんでいる湯に、素足を浸す。とたんに柔らかな温かみに肉がほぐれていくのを実感するのが好きだ。

薄曇りの今日は冷え込みが厳しく、湯煙が激しく立ちのぼっていた。空も煙も湯面も薄灰色一色に包まれている。

(えっ……)

美砂子はドキリとした。

その中に、チラと人の頭が見えたのだ。

(まさか……駐車場には、車はなかったのに)

美砂子は困惑しながら、その人影とは離れた所で膝を折り、そっと湯に沈んだ。念のためにタオルは、湯の中に入れたまま、変わらず前を隠し続けた。

そしてもう一度目を凝らす。せわしなく動く湯気の切れ間から、それが男だと、改めて確認した。髪は銀色で、後ろに撫でつけてある。二度目にチラと見た時、男の面長で鼻梁《びりょう》の高い顔を認めて、美砂子は緊張を少し解いた。

雄々しく立派な、そして知的な印象の横顔だった。面長の顔だちは、美砂子の好みである。好む顔だちというだけで、相手に好印象を持ってしまうのは愚かだが、いかんともしがたい。

しかし美砂子は、次に湯気が切れた時、男の首の付け根から肩にかけて、青黒いような刺青が一面に覗いたので驚いた。

いったいどんな身の上だろうかと、再び緊張が強まる一方で、なんとなく好奇心が膨らむ。

男は高い鼻梁に湯気が絡むままにさせて、瞑想《めいそう》するように、先程からずっと目を閉じている。歳の頃は……もしかすると夫よりも上かもしれない。

そう思うと、美砂子の胸に落ち着きと安心感が湧く。

老境にある男を、決して嫌いではなかった。

「奥さん、わたしはまだ浸かっているので、もしも出るなら、どうぞ」

どのぐらい経った頃か、男がふいに口を開いた。見ると、彼はまだ目を閉じている。

「……はい？」

言われた言葉の意味を理解しかね、美砂子は短く問い返す。自然と男の方へ身を伸ばす風になり、肩より下が湯から出てあらわになる。肩先から湯気がたつ。タオルを持つ手が、無意識のうちに胸元へ移ってゆく。

「いや、わたしがいるのに気づかないで、ここへ入って来られたのでしょう。で、気がつけばわたしがいて、出られずにいるようだから。もし、わたしのせいで奥さんがのぼせでもしたら大変だ。目を閉じたままでいるから、もし出るなら、気にせずに」

「あぁ……」

美砂子は少し笑い、

「いえ、まだ入っていますから。そちらこそ、私に気をお遣いになって、いつまでもそうしていられるなら、どうぞ遠慮無く――」

刺青のイメージとは違い、紳士的な男の口調や気遣いに、美砂子は好感を持ち、胸の奥の固く結ばれていた警戒心がふわりとほどける。

「いや、わたしもまだ温まろうと」

男は初めて目を開いた。そして顔を少し、美砂子へ向ける。

大作りで、彫りの深い顔だちをしている。老いてもまだ血の気も脂っ気も失ってはいない。若い頃はそうとうだったろうが、それが寄る年波にだいぶ流され、美砂子からすると、ちょうどいい塩梅に枯れている。

男の眼光は強かった。微笑み返したくも、つい美砂子は湯面に視線を落とす。

「思わぬお嬢さんとの混浴で、こちらは何も困ることはありませんがね」

チラと美砂子を見てから、男は笑った。こちらをリラックスさせようとしてだろうが、そんな計算を抜きにしても、人好きのする笑い顔だった。

「嬉しいですが、さすがに私、もうお嬢さんでは」

美砂子も笑いながら返した。

男は少し声を出して笑い、それを返事としたようだ。それきり何も言わない。

美砂子は少し間を持て余した。わざとらしい咳払《せきばら》いをして、男の気を引きたいような、子供じみた気分になってくる。

（この男と親しくなってどうするつもり？）

とは思うものの、美砂子の心は、夢見がちな愚者となり果てていく。

（彼と寝たら、今の私はどんな風になるのかしら？）

この男の腕の中で喘いでみたい。願わくば、絶頂に達してみたい――などと、ぼんやりと欲望が湧いてきた。

蒼との交流で、思いがけず味わった苦い思い。両親から愛されずに育った自分自身への劣等感。それによって、なんともいえない虚しさに襲われていた。が、思いがけず出会った男に欲望を感じると、虚しくがらんどうな自分の人生に新たに意味が与えられるようだった。たとえ、それが刹那的《せつなてき》であったとしても、欲望を意識することで、今まで生きてきた自分を肯定できる気がした。今までの、そして今の、自分の一瞬一瞬に、性愛の要素が強い恋愛は、刹那であっても意味を与えてくれる。

「いや、なにね――」

男がまた、ふいに口を開く。

「えっ」

湯面に向けていた顔を、美砂子はとっさに上げた。

「いやなに、見えるでしょう。わたしの体。彫り物があるから、あなたみたいな善良な奥様は恐れおののくか、不快に思われるのじゃないかと思ってね」

「いいえ。大丈夫です」

男が自身に引け目を感じている様子と、こちらを気遣う態度に、美砂子の胸にふっと甘い気持ちが差し込んだ。

「見たこと、ありますか？」

男がこちらへ顔を向ける。二、三メートルは離れているだろうか。陽が差してきて、二人の間で波紋がきらめく。それに目を細めた男の目尻に、深い皺が刻まれていた。

「刺青ですか？　いえ、本物はまだ——」

美砂子は好奇心を覚えた。それが顔に出たのかもしれない。男が、いきなり片腕を湯から持ち上げた。

ザバッと湯を滴らせる腕の、肘《ひじ》を曲げて、こちらに突き出してみせる。二の腕に、鯉《こい》と波なのか、そして花のようなものがのたくっている。肘から手先まではまっさらだ。太く、筋肉が張った腕だ。

「本当に、嫌じゃないですか」

男の声に、少し厳しい調子が加わった。

「ええ。でも何が彫られているのか……」

「近づいて、見てみますか？」

「いいですか」

美砂子は湯の中を、膝を折ったまま、少し歩いて行く。すると男が急に笑いだす。

「剛胆な人だね。わたしがやくざだったらどうするの」

美砂子の行動を面白がるように、その口調は急に砕け、いくらか親密さが匂う。

「あら」

美砂子も少々芝居がかって、

「やくざなのですか？」

などと、わざと、どこかしら幼い風を装って訊き返す。男への媚びと甘えだ。どこまで踏み込んでいけるか、相手の胸の内を、そうやって無邪気を装いながら手探りする。向こうもそれを察しているはずだ。

男は、そんな美砂子が気に入ったように、声を出して笑う。

「やくざじゃないさ。がね、まぁ仕事柄、そういう人とは付き合いが多いな」

「何の仕事を？」

「わたしか？　彫り師だよ」

「……というと」

「刺青を彫るのが仕事だよ」

あぁ、と、美砂子は納得する。なんとなく、知っているつもりだったが、それが仕事として成り立っているとまでは考えたことがない。

「じゃあ、それはご自分で？」

「いや、この体にある尻から上のは全部、師匠の手になる彫りでね。太腿《ふともも》に、弟子入りした頃に、練習で自分で彫ったものが幾つかあるぐらいだ」

「……師匠？」

「ほら、ここに名があるだろう」

男は背を向けると腰を浮かせ、腰骨の少し上まで湯から上がる。

美砂子は息を吞んだ。現れた男の肩幅も背も広く、逞《たくま》しい肉づきをしている。そして、その背一面に、女がいた。

「……まぁ」

男はすぐに湯に身を沈めた。

美砂子は一瞬の幻を見た気分で、言葉を失っていた。女は確か、蛇《へび》の髪を持っていた。

「『彫富《ほりとみ》』と彫られてあっただろう、小さく、左側に」

「えっ……あっ、ごめんなさい。見ていなくて」

男は短く笑う。

「絵に圧倒されていました。あれは」

「メデューサだ。知っているでしょ」

「ギリシャ神話の」

「うむ……」

「神話なんかの挿絵を見たことはあります。でも刺青というのは初めてで……」

薄く唇を開き、斜め横からこちらを凝視する女は、美しかった。神話の世界とは違い、東洋人のようにも見えた。顔の周りでうねり狂う髪が蛇であったことは、その顔だちの美しさによって気にもならなかった。美砂子が過去に見たメデューサの絵図は、たいていが蛇の絡まる髪が強調されていた、男の背のそれは、何より女の美貌に意識を持っていかれる。

美砂子はしばし呆然《ぼうぜん》とした。

「名人でね」

ふいに男の声がした。

「えっ」

「師匠の彫富は、この世界では名人と言われていてね。もう亡くなったが」

「……あなたも、じゃあ、かなりの腕なのでしょうね」

「いや、わたしはまだまだ。追い越せないね、師匠だけは」

「もう長いこと、なさっているのでしょう、彫り師を。何人ぐらいに彫ったのですか」

「千人は超えていると思う。小さな一点ものを入れれば、もっとか……。総身彫りをする体力なんか、今はもう残ってないな」

男は短く笑う。

「総身彫りって、あなたのような」

「あぁ、手首足首まで隙間なく入れる人もいてね。まぁ、たいていが——いや全員がさ、そんなの彫るのは全員が、その筋の人間だね。若い頃、独立したての頃は総身彫りとなると、異様に緊張したものでね。それこそ血のションベンが出るほど」

「失敗は、許されない？」

と、尋ねた美砂子に、男は横顔を見せたまま頷く。

「あぁ、彫り物は修正がきかないから。万が一にでもおかしなものを彫ったら、それこそ指を詰めないと」

男は笑う。そしていきなり湯から両手をザバリと出して、空に向かって手を広げると、

「ごらんのように十本、綺麗に指は残っているがね」

美砂子は苦笑した。

任侠《にんきょう》の世界に憧れを持つ男はいる。どこか子供っぽく感じて、美砂子は好きではなかった。この男の場合は、ただ仕事柄関わりがあるというだけなのだろう。それにしても彫り師とは、思いもよらなかった。

「極道の方以外で、彫る人はいるんですか？」

「あぁ、中には医者とか、画家とかミュージシャンとかね。彫る前、皆に何度も確認を取るよ。本当にいいのだね、と。一生消えないものだからね」

「えぇ」

「そうそう主婦もいたね」

男は両手で湯をすくい、顔をすすぐ。

「まぁ、そうですかあ」

「うん。案外、そういう人は静かで、おとなしそうな女性だったりする」

そう言った男の声は、両手で顔を覆ったままなのでくぐもり、湯気に溶けていくようだった。

おとなしそうな女。それでいて密かに体に彫り物がある誰かの妻……。美砂子には想像もできない。そんな、自分の知らない世界の住人である男に、軽く嫉妬した。

「……あなたは、興味は持つが、絶対こんなものは入れないだろうね」

男がふいに言った。美砂子は湯から出した肩先に力が入るのが解る。

「そう思いますか？」

男が刺青を彫ったという、おとなしそうな人妻という女を想像して、勝手に敵対心が湧いた。

「こんなものは入れないだろう」と決めつけられて、さびしくなる。

「解りませんよ、好きな人から懇願されたら、喜んで肌を差し出すかも」

男は乾いた笑い声を漏らす。そんな様子に、男の手強さを感じる。そうだ、この男はただならぬ仕事をしてきて、自らもただならぬ身となっているような人物だ。若い青年とは違う――

ふいに中砂蒼の面影がよぎる。しかし美砂子の胸の内で、それはみるみると遠のいて行く。

「他には、どんな方がいるんですか？　あなたが彫った方には」

美砂子は尋ねた。

「ん……そうだな。まぁ、物好きな年寄りが、綺麗な若い愛人を連れて来て、ぼんやりと妖《あや》しく光る蛍《ほたる》を彫ってくれなんていう依頼もあったな、それから二人揃って並ぶと一匹のタツノオトシゴになるものをそれぞれの背中に彫ってくれという夫婦もいたね」

「へぇ」

「他に変わったところでは……あぁ、あの人は、仕事は何をしていたのだったたっけ……怪我《けが》をしてね。事故に遭ったんだ。車の事故でね。三十代後半の男で、片方の肩から腕にひどい火傷《やけど》の痕が残ったんだ。その上に、一面の花吹雪を、真っ赤な椿で彫ってくれという男がいた」

「傷を隠すために」

「まぁ、そうだね」

彫り師の男はそこでちらと美砂子を見て、

「あなたは、どこもかしこもピカピカしているだろうね」

男が自分に興味を向け、こちらへと踏み込んでこようとするのが嬉しくて、美砂子は大胆になった。

「それが、あるんですよ」

「何……傷が？」

彫り師の男は本当に驚いたように、美砂子の方を覗き込んできた。そんな様子が嬉しくて、

「えぇ、あるんです。見ます？」

と、誘いかけていた。ちょっとばかり胸が高鳴る。こんな気持ちは久しぶりで、美砂子は密

かにはしゃいでいた。

「傷？　どこにあるの？」

美砂子は湯の中で膝立ちになる。湯面から胸元が現れるが、すでに片腕で抱えて隠してある。その乳房の左脇。ちょうど隠した掌《てのひら》の指先が届かぬところに、手術痕があらわになっている。

美砂子は男に体の左側を向けて、乳頭部分を腕で隠したまま、湯の中で薄桃色に色づいた傷を見せた。

十センチほどの、桃色の線。その周囲の肉が窪《くぼ》んでいる。

「手術かな……乳癌かい？」

男があっさり言うので、少しつまらなくなる。

「よく解りますね」

「別れた女房も、同じ病気をしたよ。結婚生活最後の頃で、『あなたとの生活のストレスで癌になった』なんてなじられたけれど、まぁ、夫婦だったから、傷跡ぐらいは見たさ」

美砂子は乳房を隠す腕に力を込め、さらにきつく我が身を抱く。

(離婚しているのね、この人……)

と、ふと気分のほぐれるものがある。

「それにしても、だいぶ残っているね。それで温存手術かい？」

「早くに解って。それで、切るのも少しで済みました」

「じゃあ、やっぱり温存か」

「その手前の部分切除。一番軽い手術で済みました」

「そうか。女房は温存でね。残したと医者に言われても、やはり形が変わっただの、ブラジャーが合わないだの、大変だったよ。まぁ、軽いとはいえ、大切なところだからね、女性には」

「でも私はもう、いい年齢ですから」

美砂子が実年齢を告げると、男は本気で驚いている。

「若いなぁ」

「それは見た目が？　それとも五十代ということで？」

「両方だね」

男は七十二歳だという。今度は美砂子が驚いた。

「そうは見えません。若々しいですよ」

お世辞ではなかった。

「しかし七十過ぎればもう、老境さ。あなたにとっても爺《じい》さんとしか映らないだろう」

男は人好きのする笑顔になると、両手で自分の周囲の湯を掻き回す。

すこしのぼせてきたか……。

「まぁ、老人なら、こうして一緒に湯に浸かっても安心というわけさ」

「あら、七十代が安心だなんて、私、思いませんよ」

美砂子の胸に過去が去来した。なんとなく、この男を刺激したくなった。

「ほぉ。それは」

「昔、誘われたことがあるんです。お爺さんに」

ほぉ、という顔を、男はした。

「で、付き合った？」

美砂子はクスクス笑って答えを引き延ばす。こんな風に初対面の男に媚びる自分に少々怖気を震ったが、今は目の前の男に対する甘い気持ちが抑えきれない。

男は「ふぅーんむ」と、唸《うな》る。感心するような、美砂子に興味を持つような風で、

「それ、最近の話？」

と訊いてきた。

「いえ、結婚前の、三十代前半の時のことです」

美砂子は素直に答えた——

あの時はすでに夫と知り合い、付き合っていた。美砂子は独立して数年、フリーランスのイラストレーター兼デザイナーとして仕事に忙殺されていて、同時にぼんやりと結婚が見えてきて、人生がめまぐるしい時期であった。

その頃に住んでいた小さなマンションから最寄り駅に行くまで、大きな公園があった。芝生の丘があり、大きな池がある。それらの間を縫ってジョギングコースが設けられている。池の

畔《ほとり》には東屋があって、美砂子はよく散歩がてら公園を歩いて、東屋で本を読んだり、池をスケッチしたりしていた。

ある日、隣のベンチに白髪の老人が座っていて、

「よく会いますな」

と声をかけられた。確かに美砂子はこの老人を、ここで何度か見かけていた。

「住まいは数駅向こうにマンションがあるんですよ。でも、このすぐ近くに実家があって。いや、数年前まではそこで暮らしていたけれど、古い二階建ては老体にはきつくなって、マンションを買ってそっちへ移りました。だけど家というものは住まないと荒れるから、時々暇に飽かしては風を通しに来ているんですよ。もう引退して、時間はたっぷりあるものですからね」

奥田《おくだ》と名乗る老人は、そんな身の上を、美砂子に勝手に教えてくれる。現役の頃は、どうやら商社マンだったとかで、勤めていた社名は教えてくれなかったが、仕事でよく海外に行っていたという。

老人は最後に、

「よかったら、遊びに来ますか」

と誘ってきた。続けて、

「恋人はいる？」

と言うので、美砂子は少々面喰らいながらも、婚約間近の年上の男の存在を告げた。すると

老人は、

「あなたみたいに素敵な人は当然だろうね。だけど、僕はもうお爺ちゃんだから、恋人への裏切りにはならない。僕はあなたみたいな素敵な人と時間を過ごしてみたいんだ。あなただって独身のうちに、少しでも、違う男性と関わっておきたいと、思わないかね？」

「これでも、今までけっこう遊んできたので」

半分は冗談に紛らして、美砂子は笑った。

「変わった経験はしたことない？」

「えっ？」

「例えば僕みたいな老人と付き合ったなんてことは？」

「ないです」

「嫌かね？　年寄りなんて、気分悪い？」

「そんなことないです。素敵な方は、男性としても素敵だと思います」

実は、まさに今話をしている相手がそうだった。理知的な雰囲気をまとう、好みの顔だち。生活に余裕があるのだろう、ゆったりとした物腰。とはいえ昼間の公園で堂々と女性を誘う大胆さ。しかしそこに卑《いや》しさはない。率直で、スマートな態度だ。

美砂子はすでに老人に充分に好感を持っていた。彼の白髪、やや後退して薄くなっている額の髪、目尻や首筋の本格的に深い皺など、明らかに老境に入って久しい肉体的特徴は、彼に対する安心へと繋がった。

これほど年を取っていれば、乱暴なことはしないだろうと。

「素敵か、それは嬉しいが、なら僕と付き合ってくれと言ったら、それはやっぱり嫌だろう。もちろん、後で追いかけるなんてことはしませんよ。あなたがどこに住んでいるかも——まぁ、このあたりだとしても、教えてくれとか、こっちで調べたりとか、そんな野暮なことはしない」

「……えぇ」

が、それがいやらしいとも図々しいとも思わなかった。品があり、余裕を残していながら、彼は必死だと美砂子は感じていた。

(私なんかよりもずっと、残された時間が少ないんだわ、この人は)

その僅かな時間の中で、今ならまだと、女性を求めている老人が、急にいじらしくなった。

美砂子はなんだかせつなくなり、甘い気持ちをかきたてられていた。

「それに、お嬢さん、もう僕は男でもないからね。ただ、春も近いし、こんな午後、あなたみたいな女性と添い寝ができたら、もうあとは思い残すことがないなと思って」

老人は、まさに美砂子が先程から興味を抱いていたことに、これもまた率直に触れた。

もう男ではない。でも『添い寝』と言う。

(いったい、どこまで……本当に、ただ眠るだけ?)

美砂子はいよいよ好奇心が湧いた。相手が老人だと思うと、たとえ多少は肌を重ねても、男の一人には入らないという、勝手で残酷な解釈もあり、それで老人に対して気安くなっている。また、（この年齢になると死が身近に、ありありと見えてきて、心穏やかじゃないのかもしれない）などという悲哀が、彼のいじらしさと絡み合い、美砂子の心は動かされていた。

ベンチから立ち上がり、老人と一緒に公園を出る。老人の実家という家は、公園から歩いて五分ほどの、古い住宅街にあった。

「この辺は戦争でも焼けなかったからね。家も、改修はずいぶんしたが、戦前の家で」

ブロック塀の尽きるところ、屋根のついた古い木の引き戸があり、「奥田」と表札があった。戸を開くとリンと鈴が鳴り、摩耗して苔生《こけむ》す飛石が二枚。曇り硝子の入った木枠戸があって、開くと玄関だった。

「どうぞ。誰もいない。誰も来ないから、まったく遠慮はいらない」

「はい。お邪魔します」

そう言って靴を脱ぎながら、美砂子は自分が日常から離れ、誰も知らない秘密の時間と空間に潜り込んだという緊張と、ゾクゾクするような心地に包まれていった。

2　老体との交わり

「それで、わたしのような年寄りとこうしていても、そんなにケロリとしているんですね」

彫り師の男は、美砂子の思い出話を聞いて、フッと笑った。奥田老人に似ていなくもない顔だち。美砂子はこのての顔が、本当は昔から好きだと改めて実感した。こんな男が夫だったなら、今はどんな人生だろうかという思いも、チラッと脳裏を掠《かす》めたりした。

「あら、ケロリとはしていません。私だって、もう老境に近くなってますから。六十といったら、お婆さんでしょう」

ふと、我に返り、美砂子は言った。

「それに私、あなたのお仕事に興味があります」

「彫り師に？　まさか、その肌に入れたいとか？　その乳房の傷跡に」

それは考えてもいなかった。が、彫り師の言葉に、傷跡が疼《うず》いたような錯覚が走る。

「いえ、それはないけれど……。ただ、本当のところ知らなくて、刺青を彫るの、どうやってやるのかとか、本当に痛いのかしらとか。本物だって、今、あなたのを見たのが初めてだし」

「ほぉ……それなら」

と、男は思案してから、

「宍倉《ししくら》っていいます。宍倉礼《れい》」

「はい」と言っただけだが、素敵な名だと美砂子は思っていた。

宍倉は言った。

「どうです。よかったら、これから仕事場に来てみますか？　そこまで興味があるのならね。

わたしは少々のぼせてきた」

「えっ」

「待ってますから」

美砂子がちょっと狼狽《うろた》えた時だ、ザブリと宍倉は湯から上がった。こちらに背を見せ片手を前に軽く持っていくと、彼は磨《す》り硝子の引き戸を開き、一足先に脱衣場に戻っていく。彼は上背があり、肩幅が広かった。

何よりガッシリとした体の中、唯一丸みを持つ尻に、背中の刺青が——蛇の鎌首が伸びているのが、ドキリとするほど悩ましい。

（どうしようか……）

急に一人にされて、美砂子はまだ宍倉が作った波の立つ湯を見つめる。

待ってますから、と、彼は言った。美砂子はしだいに気持ちが急いてくる。耳を澄ませば、男性用の脱衣所からは、彼の気配は消えていた。

（あんまり待たせたら、帰ってしまうかもしれない）

美砂子は急いで湯を出ると、脱衣所で身支度を整える。

宍倉は駐車場の隅に設置されたベンチにいた。美砂子を見ると、立ち上がった。

「遅いから、ふられたと思って、帰ろうかと思ったところですよ」

彼は笑いながら気さくな調子で言ってくる。

「すみません」

美砂子は、湯に火照《ほて》った頬に一塗りしたファンデーションが浮き上がって見えないかと気になりながら笑いかけた。そして、

「宍倉さん、そういえば歩きなんですか？　お住まいは、お近くですか？」

「いや、歩けば三十分ほどだが、運動不足解消に、ここへ来る時は歩くようにしていてね」

「じゃあ乗ってください」

「お言葉に甘えて」

宍倉は笑うと、助手席に乗り込んできた。

笑うと、とても親しみやすい雰囲気だわ、と、美砂子はその笑顔を好ましく思って、急に浮き浮きしてきた。

そして奥田老人の家に行った時に感じた、日常から離れる不安と喜びに包まれていった。

宍倉の住まいは山を下りた集落の外れだった。元は農家だったらしい、平屋の日本家屋。周囲を田畑に囲まれ、後ろは雑木林だった。

「そのとおり。わたしは農家の二男坊でね。兄貴が家を継いで米や野菜を作っていたけれど、一昨年逝っちまってね。子供らは都心で勤め人をして、家庭を持っているから、こんな田舎に帰ってきやしないし」

「宍倉さんはなぜ？」

「もう歳だし。隠居したくなってね。ちょうど兄貴も亡くなって……ここを売り払ってもよかったんだが、まぁ、しばらくはこのままで、気楽にやろうとね」

「お兄さんの奥様は？」

「兄貴より四年前に亡くなってる」

美砂子は床の間のある、奥の部屋に通された。代々の当主と妻の遺影が鴨居に掛けられてあり、開け放した襖《ふすま》の向こうは回り廊下が続いている。廊下の向こうはガラス戸で、庭が見えた。さすがにガラス戸はサッシだったが、廊下の床は磨き込まれた木の床で、床柱などもそうとう年季が入っている。

家の造りの重厚さを見ても、なかなか資産のある家だと判断がつく。

それが証拠に宍倉は、県立高校を出ると、東京の大学に進学している。このあたりの農家の二男坊で、彼の年齢を考えれば、あの時代に余裕のある家庭だったのが解る。

なぜ彫り師になり、自らの体にあれだけの刺青を入れたのか……。

美砂子の心は宍倉に対してグーッと前のめりになっていく。

白いシャツ、クリーム色のセータと黒いパンツ姿。銀髪を後ろに撫でつけた宍倉の風貌は、この家には馴染まない。洗練されていながら、どこか崩れた遊び人の雰囲気が濃厚に漂っている。

「横浜《よこはま》の方に、ずっと仕事場も住まいも構えていたよ」

「もう戻らないのですか？」

「戻る場所は、もうここしかなくてね」

宍倉は慣れた手つきでコーヒーを淹れてくれた。

「あいにく甘い物は置いてなくて」

「お構いなく」

美砂子は笑った。口角に力を入れて、気がつくと艶然と笑っていた。この男が気に入った。それ以上に、彼から気に入られたいと願うような気持ちでいる。

「ここでは、お仕事はしないのですか？」

「基本的にはね。ただ先月まで、どうしてもわたしに彫って欲しいという人間が神奈川から一人、それから群馬からも、ここへ通ってきたよ。それに昔に彫った人間が、追加をお願いしたいと、数日前に連絡を寄こしたから、どうだろうね、また始めるかもしれんがね。そろそろ完全に引退したいんだが、どこかでわたしの彫ったものを見て、やって欲しいと、いきなり訪ねて来るのもいたり」

「名人なのですね、宍倉さんは」

男の話しぶりが、しだいに自慢めいてきたので、美砂子は彼を喜ばせたくて、誉め称えた。

「……だから、この家にも、北向きの部屋に仕事場を造ってあるんだ。なあに、マットレスを敷いて、道具を置いただけだけど。見てみますか？」

「えぇ、せっかくだから……。それにしても、痛いのでしょうね？」

などと、彼の話に同調した。

「何が？　彫るのが？」

「えぇ」

「人によりけりだな。彫る場所にもよるし。まぁ、よくドラマなんかでは大袈裟に描かれているけれど、あんな風ではないさ。なに、美砂子さん、興味あるの？」

「さっき、傷跡に彫った人の話を聞いたから」

「彫ってほしい？」

「無理だわ……。ただ、彫られる時の感触って、どんなかと、ふと気になって」

「なら、体験してみるかい」

「えっ？」

「大丈夫だから、おいで」

宍倉の声や口調がだいぶ親しげで、甘く囁《ささや》く調子に変化している。

仕事場であるその北向きの部屋は、回り廊下とは反対の襖を開いた向かいの六畳間だった。

室内は障子戸が閉まり、淡い陽光でうす暗い。宍倉が言ったように、黒いマットレスが敷かれ、その横に細々とした道具が並んでいる。それだけで部屋の大部分は占められていた。

「どうぞ、入って」

宍倉が先に立って部屋に入って行く。彼が足を止めるので、美砂子もちょっと戸惑い、どうすればいいのだろうかと突っ立ったままでいる。

するとと目の前にいた宍倉がふいにふり返った。

「あっ」

両腕をおもむろに広げた彼が視界に映ったと思うと、美砂子は引き寄せられ、その胸に抱きしめられる。

待ち望んでいた時が訪れたはずなのに、その瞬間、やはりためらいが胸の中を通り過ぎる。不安も湧く。しかしこの男の腕の中にいる喜びは、それ以上だった。

「いいかい?」

囁かれて美砂子は、宍倉の胸に額を押し当て、クッと笑うと、

「さっきお風呂で――」

囁き声は、宍倉の胸でくぐもる。

「え?」

「さっきお風呂で、あなたの体にある刺青をよく見ようと近寄った時――」

「うん」

「もしも……もしもよ、このままあなたに襲われでもしたらと思ってね」

宍倉は短く笑う。

「襲いそうな男に思った？」

「いいえ。でも……あんな山の中に二人きりで、裸で。でも、もしもそうなったとしても……そうなったら、なったで、あなたなら、いいと思ったの」

宍倉は両腕に力を込めた。

反対に、美砂子は脱力していく。そして、つい尋ねた。

「あなた、本当はこんな田舎で、退屈なさっていたんじゃないの？」

「ハハッ、どうだろうね」

退屈していて、たまたま手頃な相手を見つけただけではないだろうか――と、宍倉の乾いた笑いに、美砂子はヒヤリとする。

「それより、彫ってあげようか。なぁに、色はつけない。あなただって、感触が知りたいのだろう」

宍倉の手で、美砂子が着ていた薄手のセーターが、裾からたくし上げられていく。

「えっ、ま、待って」

脇腹から鳩尾《みぞおち》を撫で上げられて、美砂子はヒクッと身を震わせる。その下には体に貼りつくような七分袖のTシャツが一枚。色はセーターに合わせて淡いグレーだ。

ブラジャーはしていない。セーターを脱がせられると、薄いTシャツの胸元には、硬く尖る乳首の形がくっきりと現れる。

「待たないよ。さぁ横になってごらん」

半ば抱きかかえられるようにして、マットレスの上に仰向けにされた。

Tシャツの裾を、スルリと滑り上げられ、乳房が——左側だけがあらわになる。服地に擦られた乳首が、よりいっそう、キリリと突き上がり、尖る——ふいに美砂子は、今すぐに口の中にそれを含んでもらいたい欲求にかられる。乳首は疼いている。久しぶりに男の目にさらしているという実感に、疼いていた。

「ンッ」

美砂子は目を閉じたまま、左の胸元を動かして、乳先までをもぞつかせた。

しかし宍倉は、あらわにした乳房には目もくれずに、マットレスの片側にズラリと並んだ用具へ手を伸ばす。

美砂子はそっと目を開いた。床に座って作業するのに合わせて造ったらしい、細長い台。その上に並ぶ医療道具めいた針や、顔料らしき様々な色の小瓶。そして部屋の奥、美砂子の足元の壁には大きな姿見が立て掛けてある。

「基本、わたしは手彫りでね」

宍倉の手には、金属の長い棒があった。先についているのが針らしい。

「それでするの？」

「あぁ、こうね、片手で支えて、リズムをつけて彫っていく」

宍倉は左手を添えて、右手に持った針を宙で動かして見せた。

障子が閉められた。

「針は毎回使い捨てだ。これも新しいものだから安心して」

宍倉の声がした。

美砂子は薄目を開き、施術されている箇所へ目をやる。

乳首は薄桃色。昔より色素が抜けて、淡く初々しい色味になった乳輪と乳首は、内側に輝きを溜め、粘膜のような皮膚を鈍く光らせているようだ。先程まで山の温泉に浸かっていたため、そこは水気を含んで、ふるふると膨張している。

授乳経験もないそれは、まるで処女の乳頭のようにも見える。美砂子が、自分の体の中で、今はもっとも好きで、自信を持っている部位だった。側面に手術の傷跡が残っているにもかかわらず。

「怖いか？」

「え、えぇ。少しだけ」

「大丈夫。でも万が一無理だと思ったり、痛かったら言うんだよ。こんな感じさ。通常よりは浅く彫るけれどね」

宍倉は何の感慨も見せずに、その膨らみを左の掌で包み持ち、いきなり右手を動かした。

「う」

美砂子は思わず肩を強ばらせた。が、その後は事は淡々と流れてゆく。

「ウッ、ウウッ」

痛みはあったが、苦痛ではない。緊張もあるが、美砂子は針で肉体を刺され続けるという、この状況に妙な昂ぶりを確実に覚えていた。

「ンッ、ンンッ」

とうとう眉間に皺を寄せ、鼻と喉を鳴らしながら腰をよじったのは、苦悶からか、それとも情感や感覚を綻《ほころ》ばせる自分を、宍倉に見せつけたいからなのか……。

宍倉の刺し方が変化した。あるいは、美砂子がそう感じただけかもしれないが、針先が、一刺し、二刺し深くなった気がした。

「あっ」

いきなりだったせいで、美砂子は短く声を漏らし、肩から腰にまで力を込めてしまう。

「痛かった？」

宍倉が手を止めた。

「いいえ、解らない……ただ驚いただけで」

「そう。もう少し、感触を味わってみる？」

「え……えぇ——あ、待って」

「何？」

「もしも、私が本当に体に彫るとしたら、やはりこうしますか？」

「あぁ、まず絵柄を決め、下絵を皮膚に移して、それで、ここでこうして彫るさ。色素が飛んでもいいように、古いものか黒色の服を着て欲しいとかね。色々あるんだよ、本当に彫るとなると」

宍倉はそう言うと、改めて左乳房を掌で押し潰し、傷のある側面が上を向くようにする。そうやって乳房を押さえつける宍倉の左手の広げた人指し指と親指の間に、右手に持つ針を入れる。親指に金属の棒部位を当て、そこを支点にするようにスライドさせて、針は前後に細かく動かされていく。

「ンッ、フゥウー」

美砂子は声をあげる。

苦痛ではない。痛みはあるが、苦痛はない。肌の小さな一点がチンッと刺される。離れる瞬間、跳ね上げるような動きをして、新たな刺激を残していく。すぐに、チンッと刺される小さな痛み。そして針先は皮膚を離れ、その刹那跳ね上がって二度目の刺激を皮膚に刻印する。そしてまた——

宍倉の動きはとてもリズミカルだ。その刺激的な痛みは、手術痕に沿って動いている。

「はぁ……」

美砂子はたまらず眉間に皺を刻み、腰をよじった。いつの間にか歯を食いしばり、全身を力ませていた。刺激を受ける左の乳房を心持ち突き上げて、体半分でアーチを描くように反っていた。

耳を澄ませば、チッ、チッと音がする。これが肌を刺す音なのだろうか。

(染み入ってくる――私は、浸食されている)

激しい実感だった。初めて知る、言いようのない体感だ。美砂子は一瞬、心を打ち抜かれた。が、同時に、宍倉の両手が乳房から退いた。

「まぁ、こんな感じだ。少しは実感できたかな」

金属の棒の先から、今まで美砂子の肌を刺していた針を外しつつ、宍倉は職人気質な淡々とした口調で言う。

胸に膨らんでいたものが萎《しぼ》んでいくようだ。

「……終わり?」

美砂子はせつない思いにかられて、つい訴えてしまった。

宍倉は、ほんの試しに、彫られる感触を体験させてくれただけ。もちろん美砂子もそのつもりだったが、なぜか物足りない。

「どうした? 案外と、よかったか?」

宍倉は苦笑した。

「え……えぇ。いえ、どうかしら。解らないわ」

もしも、本当に宍倉に客として刺青を彫ってもらったとしたら、この男に全てを捨てて絡みついてしまう、そんな熱狂に襲われるだろうと、美砂子は予感した。

視界には、この部屋の天井が映っていたが、突然、それが宍倉の顔に取って代わった。

「大丈夫かい？　ぼんやりしている」

彼は美砂子を覗き込んで言う。

「えぇ、初めての感覚で……」

一瞬、この男の手になる刺青で、全身の皮膚を埋め尽くされたいという思いが湧き上がり、幻のように、消えていく。

「感じた？」

ふいに宍倉の手が、まだ仰向けのままの美砂子の陰部に触れた。スカートの上から、恥丘を包むようにされる。

その時になって美砂子は、胸元だけでなく、股間までをせり上げているのに気づいた。少し身じろぐだけで、ショーツの中でヌラリと何かが滑ることにも。

「やだわ」

「いるんだよ、時たま。彫っていてね、感じてしまうのが……」

「私は、そんな……」

「自分では、解らなかったか？　ハハッ、いい顔をしていた」

宍倉の手に力が加わる。股の方へ回されていた指が、それぞれ意思を持って動きだす。

(あぁ……始まる。また……)

昔ほど、もう渇きを感じることも、熱気を求めることもなくなっていた。二度と、男と交わらないかもしれないと思っていて、それもかまわなかった。性に執着がなくなっていたし、心のどこかでそれを清々とした心地で歓迎していた。

それなのに――宍倉の手が、ロング丈のスカートのウエストをまさぐっている――それを脱がされ、下に穿いていたスパッツも下ろされた。

宍倉の手つきにためらいはない。昂ぶりもなく、淡々とさえしているようでもある。初めての針の感触に神経が張り詰めたままのため、美砂子もされるままになってしまう。羞じらいも、戸惑いも、あらわにすることなく。ただ、(始まる……)という実感があった。

禁酒や禁煙を破るみたいな口惜しさが、美砂子の心に、いくらかの迷いを生む。

「いいのかしら、こんな――」

つい、自問するように呟いてしまう。

「いいのさ」

宍倉はそう応え、美砂子のショーツを引き下ろした。

「アンッ」

声が出た。羞じらいが込み上げるが、嬉しくもある。これから始まることに期待が高まり、胸が苦しくなる。こんな思いはいつ以来だろう――などと思って、あっ、と気づく。

「いやだわ……白髪が、混じっているのじゃない？」

髪とともに、性毛に白いものが混じりはじめたと気づいたのは、何年前だろうか。髪よりも嫌だと感じたが、宍倉に下着を脱がされてから、そのことに気づいて、たまらず口に出してしまった。

「ハハッ、私なんて、何本混じっていることか……。女性は、そんなことが恥ずかしいのかね。解らないかな。こんなに艶めかしい、ふくよかな体に、そういうものが少しあると、男は妙に興奮して、嬉しくなるんだがね」

「え？　そうな――」

しかし美砂子はいきなり膝を裏から掴まれ、両脚を持ち上げられた。そのまま大きく左右に離され、そして強引に閉じられ、片方の脚だけ広げさせられたりと、様々な大股開きと脚閉じのポーズを、勝手に取らされる。

脚の動きに陰部の陰唇が擦れ、そこからクチュクチュという粘液の音が漏れてきた。

「あっ、あの――もう、だめ、いや、あ」

頬が熱くなってくる。美砂子はしだいに羞恥《しゅうち》が高まり、閉じた目を開くことができない。恥部があらわになったり、閉じた大陰唇が離れ開き、またくっつき合う。そうしていると、ますます溢れてくる粘液が滑り、クチュクチュという音をたてる。

宍倉の耳にも、それは聞こえているはず。

「恥ずかしいわ、もう……」

「けど感じるのだろう」

宍倉の片手が美砂子の脚から離れ、女陰の割れ目を、下から上にすくいあげた。

「ウアアッ」

美砂子はとっさに震えて濁った声を漏らす。腰がガクッと数回震えた。ヌラリとそこを割る指先に、深く感じた。

（もう一回。もう一回、そこ、擦ってほしい）

あからさまな欲求が突き上げてきて、言葉にするかわりに、腰を細かく揺すって訴えてしまう。突き出すようにしたクリトリスに熱がたまっていくのが解る。

腰を揺らすつど、クリトリスがジンジン疼く。

（そこ……そこを――）

欲求が煮詰まっていき、その真ん中で突き立つクリトリスに熱がこもっていく。それを発散させたい。

「うぅん……いいねぇ」

宍倉の、唸るような声がしたと思うと、次の瞬間にはもう、彼の口は美砂子の陰部を喰《く》らっていた。

「んあっ」

美砂子はカッと目を見開く。初めて訪れた家の、天井の木目がくっきり見えた。男の舌が割れ目で動いている。弾《はじ》けるような刺激が下腹部にまで広がる。忘れかけていた快美感に、美砂子は打ちのめされて、

「き、気持ちいい」

と、漏らした言葉は素直なものだった。

片手を口元に持っていき、なんとか自分を保とうと、首を捻《ひね》っていやいやをするも、そんな抵抗など無駄だと、自分でも解っている。

（心は、ＮＯと言ってるわ……）

自分に言いきかせる。

もう、男とのことにのめり込む年齢でもない。少なくとも自分は、もう充分だった。

（なのに、こんなにも、簡単に……）

宍倉の舌と、開いた口がゆっくり動く。

「んんぁ……気持ちは、拒否しているのに……なんで……こんなに簡単に、溶けそうになる――ンンッ、アッ、アッ、アァン」

宍倉がクリトリスを舌で弾き、吸いだして、美砂子は立て続けに喘いでしまう。自分がこうした境地に入っていくのも懐かしい。体が、歓喜に包まれているのを実感する。

「こういうこと、ご無沙汰だったかい？」

「えぇ、もう、ずっと——」

「したかった？」

「いえ、もう、私——」

「けど、こんなだよ」

チーッと濡れた音が響く。宍倉がクリトリスを吸っていた。愛液の音がしている。

「う、うぅぅん、んっ——もう、こんなこと、終わらせたかったのに、もういいと、思っていたのに、アァッ、また、こんな——いいっ」

言葉に嘘はない。体が弱いのだ。意志がなく、刺激を与えられては瞬く間に反応してしまう。

それでも美砂子は必死で堪える。体に引っ張られては駄目、と言いきかせ、堪える。

しかし宍倉は、舌と口を美砂子のそこに密着させたまま、頭を細かく左右に振った。

「んんぁ、もう——」

美砂子は自然と臀部に力を入れて、その両脇を大きく窪ませる。股間がせり上がった。繰り返し力を入れては脱力を繰り返す。宍倉から強い快感を与えられるつど、臀部を力ませた。そうせずにはいられない。美砂子はしだいに悩乱した。もう心の抗いなど、どうでもよくなる。

「ウンッ……」

宍倉が頭を揺するのを止め、今度は舌だけをねっとりと動かした。

美砂子は目を開き、頭を浮かせて自らの股間を見た。宍倉の顔が、内腿の間に覗いている。汗ばみ、銀色の髪は乱れ、煙がしみたみたいに細めた目は、昂ぶりで焦点が定まらないまま真っ直ぐに美砂子の顔を見ていた。

(私の喘ぐ顔を見ている……)

自分も宍倉の股間に触れ、彼の興奮を確かめたかったが、美砂子自身、快感にアップアップしており、そんな余裕はない。せめて男の興奮を上げてやりたいという思いから、片手の指を口元に当てたまま、首を左右に捻ったり、顔を肩に埋める風にしながら、アンアンッと甘え泣いた。

「アァ、ねぇ……ね、もうイッチャうの。だから、見てて、ねぇ、イクの見ていて――あなたに、見られたまま、イ、キたい」

欲求を思うまま口走る。宍倉の、美砂子の脚を抱える両手に力がこもる。彼はさらに、美砂子の陰部に口元を強く押しつけてきて、彼自身の昂ぶりを伝える。

「イッチャウ、あっ、イッチャう」

と、すぐに美砂子はうなされたように口走りながら、アンアンと濡れた声を漏らし続けて、自ら股間をせり上げ、上下に揺らし、

「イ、イクゥ」

と、宍倉にイカされていった。

一人で達する、そのどこか寂しいようなせつなさに、腰が猛然と震えてしまう。

（あぁ……女なんだわ、私まだ……）

快感の中で、美砂子は思い知らされていく。

「……ンァッ」

マットレスの上に、美砂子の両脚がバタリと落ちる。しばし力が抜けて、両脚を放り出したままでいる。

障子ごしに陽が注いで、それがちょうど開いたままの脚の付け根に差した。

少しずつ呼吸が整っていく。まだ陰部が温かいのは、陽のぬくみだろう。

「そういう顔がいいねぇ、これだから、俺は、年増が好きなんだよ」

宍倉が嬉しそうに呟く。『わたし』から、いつしか『俺』に変わっているなと、虚脱した頭で、美砂子はそんなことをぼんやり感知していた。

その間に宍倉が、ズボンを脱ぎだしていた。下半身だけ裸になると、美砂子をまたいで仁王立ちになった。

美砂子は肩を掴《つか》まれ、身を起こさせられる。

気怠《けだる》く上半身を上げると、顔の前に赤黒い一物が、こちらに向かって突き出ていた。

「ンモッ、アンッ」

いきなり含まされて、鼻を鳴らした。そうしながらも、もう宍倉とは幾度もこうしてきたように感じたりもした。

「ンッ、ンンンッ……」

それが約束のように、美砂子は唇を歪ませるように半開きにさせ、陰茎に舌を絡ませた。口呼吸で、熱い息を吐きながら。唾液が溢れ、唇の隙間から滴り落ちる。クチュクチュした液音も響きだすと、唇を窄《すぼ》め、頬を窪めて、急がずにゆっくりと、頭を動かしていく。

「ウウムッ」

と、宍倉は幾度か短く呻《うめ》いた後に、

「なぁ……美砂子さん、いい女だねぇ」

唸るように声を絞って言ってきた。

やがて息を整えると、

「露天風呂で見た時から、いい女だと思ってた。こっちの彫り物を見ても、物怖じしない。惚《ほ》れたよ」

と、彼は言った。

美砂子は疼いた。宍倉の言葉に、下腹部だけでなく胸も疼いた。選び取られる快感と優越感――どんな愛撫よりも最高の絶頂感を覚えるが、

（でも――）

と、すぐ心に暗い影が差す。

「いやよ。私のこと……まだ何も知らないのに……惚れただなんて、ただ、それだけのくせに……」

口唇愛撫を止め、ついなじる。

「それだけじゃあ、駄目かい？」

「駄目じゃないけれど……」

「人の奥さんに、本気になってもいいの？」

なぜか美砂子の脳裏に、少し前に迷い犬を介して知り合った青年、中砂蒼の顔がよぎった。

ほんの一瞬だったが……。

「私が本気になったら、あなた困るのね」

笑って尋ねると、宍倉はふと怖いような顔をして美砂子を見る。

「いや。俺は困らんよ。縁があったんだ。好きになったんだよ。他にまだ何も知らなくても、ほら、こんなに硬くなるんだぜ。それじゃあ、駄目かい？　あなたで、こんなになる。それが全てだよ」

言いながら、宍倉は興奮してきたのだろう、上半身からセーターやシャツを次々と脱ぎ捨てて、刺青で素肌も見えぬ上半身をあらわにした。

「あぁ、そんなに？　もしも今になって私が、駄目と言っても、それでも欲しい？　無理にでも、欲しい？」

美砂子も彼の言葉に酔い、握りしめた陰茎に頬ずりを繰り返しながら、熱に浮かされたように語りかけた。

「あぁ、今さら駄目だ。もう、あなたが嫌がってもね、こっちはこうするつもりだよ」

宍倉は美砂子の顔を挟み持つと、陰茎を再び口に含ませ、そのまま腰を前後に揺すりだす。

それはすぐに激しい痙攣《けいれん》的な動きになり、美砂子は激しくしかめた顔を、ただそのままにして受け止めるしかない。

年齢とはかけ離れた激しさだ。こうしてふいに、ここまで荒ぶれる男は初めてだった。美砂子は一気に宍倉という男に引きずり込まれた――彼のそれは程よいサイズだが、長さもあり、口の中に受け止めれば、喉を塞がれむせてしまう。

しかしそれも、(あぁ……こんなにも、私を欲しいのね。この人、私を、すごく欲しがっているんだわ)と、乱暴にされるほど美砂子は、男の自分への欲望の強さを実感して、嬉しい。

美砂子自身の肉体の苦痛が、相手の欲望の強さの証と思え、安心感のような歓びを覚えて、脚の間が熱を帯び、爛《ただ》れるように疼きだした。

さらに、この乱暴な行為を喜んでいると伝えたくて、上半身を乱暴に揺らされながらも、宍倉の腰や臀部に手を回し、撫で回した。

宍倉はすぐに応えてくれる。

「いいのか？　あぁ、いいんだね、美砂子さん。こんなにされるのが、いいのか」

陰茎を口いっぱいに頬張ったまま、美砂子は必死で頷いた。息苦しさのあまり涙のたまってきた目を熱気にけぶらせ、男を見上げると、こちらを甘く睨《ね》め付ける彼の視線とぶつかった。彼は、美砂子を見下ろしながら、ひときわ激しく腰をふるった。

「ウグゥ」

さすがに喉奥を亀頭に擦られ、美砂子はえずく。が、普段は人前で出したこともない生理的な激しい声を男の前であげることが、たまらなく楽しく、心地よい。さらに、こうして自分のえげつない姿を見せることを、男が——少なくともこの男は喜んでいるという確信があり、乱れていくことに解放感が伴う。

「……ッゥアアッ、あなた、たまらないね」

案の定、宍倉が腰を動かしながら口走った。彼が昂ぶっているのが、熱に乾いた声が物語っている。美砂子の胸は熱くなる。

(あぁぁ、この男、いい)

えずこうとも、夢中で自分から顔を押しつけて、わざと唇や鼻先で彼の陰毛をシャリシャリ擦る。

「オッ、ンンンッ」

と、宍倉もそれに応え、腰を落とし、股間を突き出してくる。まだ前戯だが、かなり熱を帯びてきた。二人とも、身をくねらせ、興奮もあらわに、のたうつように行為に没頭している。

彫り物を背負うだけあり、彼は情念の深い、熱を持った男なのだろう。

美砂子の胸はいよいよ騒ぐ。

（このままされていたい。私が——拒んでも、欲しいと、犯してもいいから、求めてきて）

祈るような心地だった。

が、さすがに息詰まり、亀頭を口から抜いた。口が自由になるそばから、興奮のあまり口走る。

「あぁ。私を、何をしても欲しいって、強引に、犯してでも、求めて来て欲しい。そういうの、嬉しいの。好きなの」

思うままを口走っていた。

「こういう風に？」

美砂子は頭を鷲掴《わしづか》みにされ、首から上が動かせなくなった。再び口に陰茎を突き入れられる。宍倉は、そのまま猛然と出し入れを続けた。「ウッ、ウムッ」と、時おり差し迫った呻きを漏らし、先ほどと違って規則的な抽送《ちゅうそう》を繰り返す。どうやら彼は、一度美砂子の口で果てたいらしい。

「こんなにされて、いいのか」

宍倉が掠れた声で言う。

「こんなにされて、いいのか、感じるのか。えっ？　ほら、こんなにされても、俺のものになりたいのか？」

言いながら宍倉はいよいよ腰を大きく動かし、亀頭で美砂子の喉をえぐる勢いとなる。

喋れない美砂子は、口を丸く開いたまま、宍倉をひしと見上げて、小さく何度も頷いた。

(男から求められる女でありたいの)

そんな思いを、眼差しにこめて、男を見上げた時、喉奥を突いた亀頭が、そのまま動かなくなった。

「ウッ、フムッ」

熱い粘液が喉奥に溢れ、美砂子は必死で飲んでいく。そうしないと息ができない。飲みきれない分が、口角から外に溢れた。

青い匂いが満ちてくる。美砂子は喉を鳴らしながら、久しぶりの男の匂いと味に酔っていった。

3　男と針

「これじゃ、物足りないだろう――さぁ」

美砂子がマットレスの上でぼんやりしていると、宍倉は射精後の気怠さなどまるで感じていないように、美砂子がまだ身につけている服を脱がせだす。

「えっ――で、でも」

宍倉の精力の強さに、美砂子は少々たじろいだ。彼女の方は、男が今、激しく喘いで自分の口の中に射精した余韻に、まだ浸っていたかった。

「待って……アァ、ちょっと待って」

宍倉にすがるようにして言ったが、

「どうして待つんだ？　犯してでも抱きたいんだよ、こっちはさ。あなたを抱きたいよ」

求められて、美砂子の陰部は熱く疼いた。

メリノウールの淡いグレーのセーター、その下の七分袖のTシャツを捲り上げるように脱がされると、そのまま横倒しにされて、ロングスカートとスパッツをウエストのところで一緒に掴まれ、引きずり下ろされた。

「そんな待って」

ショーツがあらわになる。今日は淡いクリーム色で、木綿《もめん》の、飾りなどがついていないシンプルなものだった。

「待てないさ」

美砂子は組み伏せられ、両脚の膝を裏から抱え持たれる。美砂子は蛙のような形にさせられた両脚を、思いきり持ち上げられて、すぐに観念する。

熱を帯びる中心が、宍倉に向かって開いていた。

「あっ……ずっと、見られてなかった、男の人に、ここを……」

急に羞じらいが湧いてきて、とっさに腰をよじる。しかし宍倉の腕でガッシリと両脚を抱えられて、動けない。

「アァッ、んもぉ」

捕らえられている——という実感が、美砂子の官能を刺激した。

「なに、旦那とも、してないの？」

「してないわ。もう、そんな」

思わず美砂子は苦笑した。

「こんなに濡らして」

視線で美砂子が興奮するからだろう、宍倉は性急さを引っ込め、しばし熟れすぎた陰部を眺め下ろす。

「ンンッ、もう駄目よ。そんなに見ないで」

「綺麗じゃないか」

「駄目。本当に、もう駄目なんです。若い頃と違ってしまって」

美砂子は婉曲した物言いで伝える。

「もう、体が女じゃなくなったら、色々と、変わってきて……そこ、とても薄くなって、頼りないほどに、薄く……」

閉経してから、あのンギュッという弾力と厚みが、大陰唇から急速に失われていた。触れてみれば、すぐに解る。あの時、そのことに気づいた時、美砂子は自身の老いを自覚した。

大陰唇のやつれた女なんて老婆じゃないの、と。諦めにも近い、おかしみさえ感じながら、老化を受け入れたのだけれど……。

「薄くなったって、どこがさ？」

宍倉が右手を膝から放して、美砂子の陰部を探ってくる。

「ンアッ」

ゾクリと腰が震えてしまう。

「あなたの昔の姿を知らないからね、こんなものかと思ってしまうよ」

宍倉は笑う。

乳癌の治療が終わってから、処方される再発予防の薬は、女性ホルモンを抑える成分で、その薬の影響もあるだろう。ただでさえ年齢的に減ってきているホルモンを、さらに薬で抑制するのだから、たまったものではない。

しかし宍倉は屈託無い。

「綺麗な形をしているじゃないか。おまけに、こんなに濡らして」

性唇の間に指先を埋め、そこを弄くる。確かにクチュクチュと水音が響いた。

「そんなに濡れるなんて……」

「乾いているとか言っていたけど、こんなにもう、ほらうるんで。これが大切だよ。これがなきゃあ、オマンコもできん」

宍倉が笑いつつも小鼻を膨らませて言った。そして指を二本に増やし、ますます激しくいらう。

むず痒《がゆ》いような快感に襲われ、美砂子はしだいに腰を震わせ、息を乱していく。

宍倉の指が、ぴちっとクリトリスを弾く。

「ウァアンッ」

思わず発した美砂子の声が合図となったように、彼が身を重ねてきた。

還暦はとうに過ぎているとはいえ、肩幅があり背も高い宍倉が覆いかぶさってくると、美砂子は身動きできない。呆気ないほど簡単に体の自由を奪われる。片脚を抱えられ、接合点となる陰部を、再びあらわにされた。

宍倉がそこへ腰を振って押し入ってくる。

濡れた陰部に亀頭が擦れる。熱を帯びる、軟らかい石のような感触だ。

「アアッ、もう」

思わず仰《の》け反《ぞ》り、大きく喘いだ。期待と喜びが美砂子の胸に湧いてくる。

「これ——アアッ、これが——」

宍倉が腰を入れてくる。膣口がクワリと広げられる。

「あ、だ、駄目。待って——」

あまりに興奮している。このままだとおかしくなってしまう。そんなおびえに、つい宍倉を拒むように動いてしまう。

「ウヌッ。駄目だ」

宍倉に強く押さえつけられた。彼は美砂子の両肩をしっかりと掴んで仰向けのまま動けなくさせると、身を重ねてきた。同時に美砂子の脚の間に膝を入れ、こじ開けるように開かせる。そして、そこへ腰を入れ、細かく動かしだした。

「アアッ」

組み伏せられ、宍倉の重みを感じて、美砂子はいっそう昂ぶる。亀頭が何度も陰部を滑り、膣口に引っかかる。今にも潜ってくる——その瞬間、美砂子は息詰まり、身を硬くしてしまう。

（すごいっ。この人、男なんだわ）

興奮の中で、美砂子の脳裏に、今までまぐわった最年長の奥田老人の面影が一瞬だけ蘇る。思えば、あの時の奥田と、この宍倉はだいたい同年齢だろうが、なんという違いか。

宍倉には、こうした野蛮さがある。素肌を羽根で撫で続けるような、極力体重を掛けないような極端に気を遣う老人の愛撫とは、まるで違う。

美砂子は薄目を開く。青黒い墨が彫り込まれた宍倉の肌。桜や鯉の鱗《うろこ》、波の飛沫《しぶき》がうねっているのが目に映る。そうしたものを彫った体は、異形《いぎょう》であるが、野卑な印象はない。人を離れた存在に抱かれているような恍惚感《こうこつかん》さえ、美砂子は感じた。

「アアッ、私——」

とうとう宍倉にしがみついていく。

しかし様子が変わった。

「ンンッ」

宍倉が初めて余裕のない声を漏らして、体を浮かせた。彼は片手を自分の股間へ持っていき、何やら確かめている。そしてもう一度腰を密着させてくるが、今度はいくら押しつけても、美砂子の中に潜ってくる前に折れる感触が、はっきりと伝わってきた。

「一度出しちゃったからなぁ……」

宍倉は口惜しそうに言いながら、膝立ちになって自ら一物をしごき出した。

火がついた美砂子も起き上がると、彼の股間を追いかける。

「また、こうするから……大きくなって」

宍倉を立たせると、その前に跪《ひざまず》いた美砂子は、彼の股間へ顔と手を寄せていく。

再びフェラチオが始まる。

「そうやってしゃぶりながら、片手で自分を慰めてみせて」

頭の上で、宍倉の声がそう言った。

「えっ？」

彼をチラと見上げると、こちらに視線を注ぐ宍倉がいた。彼の肩から二の腕に舞う桜吹雪が、今にも落ちてきそうだ。彼は美砂子からじっと目を離さない。

美砂子は一物を口に入れたまま、膝立ちになっていく。

「よく見えない。片膝立ちになってくれないかい」

言われるまま、尻をマットレスにつけると、片脚は胡座《あぐら》のようにして、もう片方を膝立ちする。はしたない座り方だが、陰部は開き、宍倉からもよく見下ろせるのは解る。しかしそうすると口元の位置が下がったので、宍倉は腰を少々落とした。

（そんな体勢になって、苦しくないのかしら）と思いつつ、美砂子は、彼に見せつけるように右手でクリトリスを摘んで擦りだした。左手は宍倉の陰茎に添えられ、その先端の亀頭は口の中だ。

「いつもやるように、して見せてくれ」

また宍倉の声がした。先ほどよりも、熱気を帯び、口調が粘っこくなっている。

「……んんっぁ」

自慰の快感に思わず喘ぎつつ、舌を動かして、頬張る陰茎に刺激を与えていく。

「右手がおろそかだよ」

そう言われて彼をチラと見上げると、細めた鋭い眼差しと視線がぶつかる。

「はい」と、陰茎に舌を邪魔されつつ呟くと、美砂子は急いで指先を動かした。クリトリスが愛液に滑る。思わずその指先を太腿になすると、また陰部へ持っていく。その一部始終を宍倉が見下ろしていると思うと、美砂子は興奮のあまりつい本気になっていく。

「あ……このままじゃあ、イッてしまう」

と、思わず口から一度一物の先を出して、宍倉に訴えると、左手で持っていた彼の陰茎が、その瞬間にグンッと反った。美砂子は、あっと、声にならない声を漏らした。

「いいさ。このまま、オナニーで昇天するところ、見せてくれないか」

「え、でも」

「見たいんだよ。もうフェラなんかいいから。本気でやって見せてくれ。今、解っただろう、あなたのその姿に、興奮するんだ」

美砂子は少し躊躇った後、そのままマットレスに仰向けになると、両膝を立てて大股開きになり、右手を陰部で動かしてみせる。

「指を入れたりしないの」

「えぇ……一人でする時はいつも、ここを擦って」

「そっちの方が、感じる？」

「えぇ……感じる。それに……中はなんか、怖い」

と、クリトリスをねじ切る勢いで擦っていくも、夫にも誰にも明かしたことのない——そもそも夫と、このような話をすることがなく、夫婦の話題としては考えられなかった——ことを告げて、美砂子は理性が興奮で飛んで行くようだった。

指先を盛んに動かして、込み上げてくる感覚におびえたように、

「イッちゃいそう。アアアッ、ねぇ、イ、イキそうなの——ゥアアアアァ」

尻をマットレスから浮かせると、回転させるように左右に揺すっていく。実際の指先が生みだす刺激は、本当はそれほどではなかった。一人だったなら、こんなにも悩乱しない。そこに宍倉がいて、見られている実感が、美砂子を興奮させ、乱す。絶頂まで押し上げられてしまいそうだった。

宍倉の視線は、もう愛撫と変わらない。

「アアァン、もう、ほんとに、イキ、そ、う——アァン、イ、ク」

息切れそうに右手を動かしていると、宍倉が動いた。美砂子の背後に回り、やはりマットレスに尻を落として座り込むと、開いた脚の間に美砂子の背面を引き寄せる。

「腰、上げて。少しでいいさ」

言われるままになり、次に美砂子が尻を落としていくと、下から陰部へ宍倉の一物がぬーっと潜り込んできて、腹の中に刺さってくる。

「アアアッ」

たまらず喘いだ。

ゆっくりと、真下から垂直に貫かれている。美砂子は反射的に仰け反る。自然と宍倉の肩に後頭部を乗せる恰好となった。傷のある乳房が前へと突き出た。それを背後から宍倉に鷲掴みにされ、揉《も》みしだかれる。

先ほど受けた針の刺激が、いまだに皮膚の奥に蓄積しているのか、左の乳房は弾けるような快美感に包まれていく。記憶にある乳房の愛撫とはぜんぜん違った。

「ンンァーッ」

上半身をウネウネとくねらせ、美砂子は腋《わき》の下を見せるように両腕を肩より高く持ち上げると、肘を折り、背後の宍倉をまさぐっていく。

宍倉は左右の乳首を摘み上げ、ちぎるように捻っていく。

「アァァアアン」

半べそをかいた顔で、美砂子は自分から腰を揺らしてしまう。そうしないといられないほど刺激が強い。初めての相手に、これほどキツイ愛撫を与えられることで、宍倉という男の凄みを感じ、美砂子の内の『女』がおびえだす。

(この男は、怖くて——強いわ)

美砂子のおびえが、萎縮《いしゆく》に変わる直前、宍倉が腰を弾ませた。

「ンァァッ」

突き上げが強い。膣内に、陰茎の摩擦感が弾ける。

「アアッ、し、宍倉さぁん」

宍倉は休みなく動く。そして言った。

「鏡を、見てみろ」

「え？」

睦《むつ》む二人の前に、あの鏡――姿見が立て掛けてあった。言われるまま美砂子はそれを見た。

そこには、総身刺青で埋まる男と姦《や》っている最中の自分が映っている。

「アァァッ、こ、こんな、私が――」

声が震え、鳥肌が立ちかける。美砂子は羞恥に心をえぐられそうだった。

背後では、

「ンッ、ウッ、ンンッ」

と、宍倉の喘ぎと息づかいが止まらない。

鏡の中の美砂子は、正座の姿勢で大股を広げ、太腿を八の字に開いて宍倉の下半身を跨いでいる。一物が刺さる陰部を思いきり前に突き出して、上半身は後ろに重心を置いて、すっかり宍倉の胸に預けていた。

一方の宍倉は、そうして美砂子を支えながら、下半身全体を弾ませていた。

それに連動して、美砂子の、片方に傷の残る乳房が、変形するまで激しく揺れている。

さらに美砂子の、開いた陰部を菱形《ひしがた》に囲う縮れた性毛。その内側の、充血したように赤く濡れた粘膜の襞。その中心へと、吸い込まれていく赤黒い陰茎――それは女陰の中から出てくると愛液を被って艶々と照っている。

「アァァン……も、もう、こんなぁ」

美砂子は瞼の隙間から、鏡の中のそんな自分を見て動揺した。

(これが私?)

背後の男の体には、青黒い刺青が蠢《うごめ》いている。自分を抱くのが男なのか刺青なのか、快楽のあまり、何もかもが解らなくなってくる。

美砂子は自分が日常から遠くへ連れ去られていくようだった。

「ンァ、ンァ、ンァ……も、もっと、突いて」

火照った顔、半開きの目で、鏡を見つめながら刺し貫かれ続ける美砂子は、この普通ではない男の身と一体になりたいという欲求と興奮が肥大してくるばかり。

「初めてなのに……あなたと、最初で……こんな、恰好に、されて……ハァァッ」

興奮が煮詰まり、どうしようもなくなって目を閉じた。

「こんな恰好でやられるの、初めてか?」

「は……初めて。初めてよ」

美砂子は目を閉じたまま、細かく何度も頷いてみせた。

「どうだ? いいか」

「え、えぇ……でも、恥ずかしい」

「目を明けて、見てごらん」

美砂子は激しく首を横に振る。

「やっ、いや……そんなの、恥ずかしい」

「見るんだ」

宍倉がいっそう速度を上げて突き上げてくる。

「アアアッ」

たまらず喘ぐも、声も体と一緒に揺れて、震えていく。

「ほら、あなた、すごくいいよ。こんな姿、なんていやらしくて綺麗なんだ。見てごらん」

宍倉が息を弾ませながら言ってくる。

美砂子はまた薄目を開く。先ほどよりずっと大股を開く自分が、そこに映っている。

「すごいよ、あなたさ、いいよ……ここの具合も断然いいんだよ」

下腹部に、宍倉の左腕が伸びてきて、その指先が互いの結合部まで這ってきた。美砂子は大陰唇をさらに大きく広げられ、陰茎が自身の秘部を出たり入ったりするところをさらされた。

宍倉の突き上げに、先程からずっと揺れている乳房の片方へも、手を伸ばされる。握り潰された乳房の中で、切り取られた乳管と乳腺とがよじれ合う。

「うわぁ」

美砂子の体が勝手に跳ね上がった。もう鏡を見ていられない。最後にチラと映った自分の顔は、白目を剥きかけていた。

かつての病巣に、この男は直接触れてくる。自分の全てをまさぐられていると、美砂子は体の実感を持った。

「あなた、最高だよ」

宍倉が、耳元で囁いたか——錯覚かもしれない。髪の毛の上から、耳朶《じだ》を齧られた気もする。

「アァ」と粘っこい声を漏らしながら首を曲げると、よじれた肌が、生温かい汗の音をニチャッとたてた。

「ウアァ、アアッ、イ、イィッチャウ」

高く声を張り上げていた。全身に震えが走っていく。

ヌパッと、一物が自らの中から飛び出て、割れ目に押しつけられながら白いものを放っているのが、鏡に映っていた。

第三章　嬲られて

1　女に戻って

その夜、美砂子は時間をかけて入浴をした。脱衣所でローブを羽織ると、暖房を入れた二階の部屋に戻り、全身にクリームを塗っていく。

カーテンの隙間から月が見える。今夜は満月のようだ。

美砂子はふと思いついて、部屋の灯りを消すと、カーテンを開いた。

月明かりが部屋に差し込む。意外なほどの明るさだ。腕にクリームを塗りながら、それを月明かりにかざしてみる。

（あぁ……）

ドキリとした。肌が綺麗になっている。肌理《きめ》が細かく、色が抜けるように白みがかっていて、明らかに昨日までとは違う。

触れれば吸いつくように、しっとりしている。クリームを塗るまでもないほどだ。美砂子は両手でさらに両腕から肩、そしてお腹から腰、尻を撫で回していく。そうしながら宍倉と交わした行為の、色々なシーンを思い出していく。

「……ハァアン」

ボディクリームを塗り込む手の動きは、しだいにねちっこく、淫らなフラッシュバックに酔うにつれ、いつしか悩ましい愛撫に変わっていく。両手で乳房を下からすくい、持ち上げたりもする。

全身の肌はいよいよ青白く、まるで月を呑んだみたいに内側から鈍く輝いていた。

今、自分は女に戻っていると、美砂子は実感する。自らの肌を撫でさすり、愛《め》でていると、甘美な充足感が溢れ出てくる。

月光を浴びながら、美砂子はいつまでもそうしていた。

翌日は、ただぼんやりとして過ごしてしまった。リビングの長ソファに横たわり、宍倉との記憶をたぐり寄せたりなどしていると、時間はあっという間に経っていった。久しぶりに男と肌を重ねた影響もあるのだろう、なんだか全身が気怠かった。そうして静かな一日が終わり、その翌日――

午後に電話が鳴った。

「もしもし」

宍倉かと思い、気持ちは高鳴ったが、聞こえてきたのは蒼の声だ。

「あ、あの……祖母が柿を持って行けと言っているんですが」

「……あぁ」

一瞬、返事に詰まった。宍倉との時間を過ごした後で、青年の声はずいぶん遠くから聞こえてくるように感じた。

「あ、あぁ、そうなの……えっと」

宍倉との逢瀬の記憶も生々しく、今日もまたその思い出に浸っていたかった美砂子は、青年の訪問を断ろうと言葉を探した。

「実はもう家を出ちゃっているんです」

美砂子の気持ちを察したか、蒼は少しおどけるようにそう言ってきた。

「えっ、じゃあ、いまは――」

「携帯電話から掛けています。あと十分ほどでそちらに着いちゃいます」

そう言われてしまうと、断れなかった。

電話で告げたとおり、蒼は十数分後に、市街地にあるスーパーマーケットのロゴが入ったビニール袋に柿を沢山入れて現れた。

濃紺のカーディガンからは、微かに線香のような香りがする。いや、ナフタリンかもしれない。身の周りは彼のお婆さんが見ているのだから、冬物の衣類の収納場所に、昔の人らしくナフタリンを入れているのかもしれない――そんな風に考えて、美砂子は青年のまだ知らぬ生活の断片を想像した。

「これなんかは、ちょうどよいぐらいに熟れているけれど、他は、あと一週間ぐらい置いておく方がいいみたいです。その頃が食べごろだそうです」

袋から、その今が食べ頃のひとつの柿を取り出したりして、青年は説明をしてくれる。

そんな彼の顔を見ていると、彼と最後に別れた時に、自分がやたらと苛立っていたことを美砂子は思い出して、なんだか気恥ずかしくなった。

この青年が、こうしてたびたび遊びに来るのは、自分に惹かれているからに違いない――と思っていた、そんな自分自身の心に、美砂子はようやく気づいた。でなければ、何を好んで年増のもとへ来るだろうか。だから好きなのだろうな私のことを、と。

しかし自分の年齢を思い出すと、自信がなくなる。

案の定、青年はいっこうに美砂子を求めるような行動を起こさない。美砂子は、求められるのを、心のどこかで待っていた。待っていながら、自分でもそんな自身の気持ちに気づかないふりをしていた。蒼の気持ちに確信が持てなかったからだ。

だから蒼の方から、自分を求めてきて欲しかった。山へ行った時、いつもと違い、二人での外出とあって、美砂子は密かにそんな期待を抱いていた。が、それはことごとく裏切られて、最後には苛々としてしまった。

(こんなに若い青年に、私は恋をしていたというのかしら?)

台所へ行き、コーヒーを淹れたり、お菓子を用意したりする。

「柿を——」

「えっ?」

リビングのソファに座る蒼に声をかけたが、聞こえなかったらしい。美砂子はもう一度、今度は大きな声で言う。

「あなたからいただいた柿も、切るわ。あなたは食べる?」

「いやぁ……家で、いっぱい食べているから」

蒼の返事が聞こえなかったふりをして、美砂子はふたつの柿の皮をゆっくり剥く。柔らかくて美味しそうだ。そうして台所に一人でいられる時間を使い、自分の気持を紐解いてみる。

(恋をしているの?)

もう一度自分に問い、まさかと、苦笑してしまう。好意はあるが恋ではない。けれど強く求められたら応じてしまうだろうとは思う。美砂子は、そんな風に翻弄《ほんろう》されてみたい。彼に恋をしているのではなくて、彼に恋をしてもらいたかった。そして、美砂子を女として見ているのなら、宍倉がそうであったように、迷うことなく求めて欲しい。

そんな風に自分の気持ちが見渡せて、美砂子はようやく一段落ついた気分になった。菓子皿やカップなど、盆に色々と載せて、リビングに向かう――。

青年は、ソファに座ってじっと庭に顔を向けていた。顎《あご》から長い首筋のラインが繊細で、鼻筋が通った横顔は、愁《うれ》いを含んで魅力的だった。

「美味しそうな柿ね」

美砂子は青年に、そう明るく声をかけた。

「えっ」

彼は何事か考え込んでいたようで、美砂子の声にハッとしてふり返った。その様子に、美砂子はふと胸が高鳴る。

年下の男など、これまで興味が無かった。同年代の男でさえ、子供じみて見えた。愛情の薄い父親の代わりに、年上の男から可愛がられたいという欲求が強かったせいだろう。

しかし自分が年齢を重ねた今、年上の男は――宍倉という例外はいたが――老人ばかりになり、男という存在は、自分より若者が圧倒的に多くなっている。さらに美砂子自身、人生経験を積んで、昔のように年齢の高い男にばかり執着しなくなっていた。

今、美砂子の心には余裕が生まれている。これも全て、宍倉という例外的な男と出会い、関係が始まったからだが、心に余裕が生まれて美砂子はやっと、蒼に抱く自分の気持ちにも正直になれたようだ。

もしも蒼が自分を少しでも女として好きなら、求めて欲しい――。

「いえ、柿が……とてもいい柿。美味しそう」

美砂子は笑顔を蒼に向ける。彼は長ソファに座っていたので、美砂子も同じソファに並んで座った。

「柿、ふたつも皮を剝いちゃったわ」

「僕……家でたくさん食べているので」

「あら、そう」

コーヒーテーブルを濡れ布巾で拭くと、柿の皿をそこに置いた。適当な皿が見当たらず、食器棚の奥から、ようやく益子《ましこ》の水色の皿を見つけ出した。快晴の秋の空を背景に柿が実っている、そんな風景を思わせるので、それを取り出したが、どうやら両親も長いこと使っていなかったらしく、表面がべとついていたので、洗剤を使ってきっちり洗った。

「美味しいわ」

美砂子が柿を食べ出すと、

「せっかくだから、いただきます」

蒼も黒文字をさした一切れを口に運ぶ。が、その果肉は特に熟れていたらしい、ボトッと彼の膝に落ちて崩れた。

「アァ、だいじょうぶ？」

「すみません」

「いいのよ。それより、服が――」

美砂子はテーブルを拭いたのとは別の布巾を取り出して、青年の膝を拭く。

しかし彼のコーデュロイのパンツは淡いベージュ色で、拭き取るそばから果肉がさらに潰れて繊維に染みこみ、柿色の染みが残る。

「あら、ごめんなさい。これでは、よけいに汚れが……」

美砂子は慌てて青年の膝まで拭いていく。途中から、布巾を通して彼の膝から腿にかけての筋肉の硬い肉感を感じて、ふと胸が疼き、そして先日、宍倉の股間に顔を埋めた時のことが蘇ってくる。

「ふふっ」

美砂子はつい、含みのある笑いを漏らしてしまった。一瞬思い出した記憶は生々しく淫らで、照れてしまったのだ。

「どうしたんですか？」

蒼が尋ねてきた。声が震えているようでもあった。見れば、何だか緊張した顔つきだ。

「いいえ、ちょっと思い出して……ごめんなさい。よけいに汚れが広がってしまったようで」

「い、いいんです。どうせ普段着だし」

そう言う蒼は、さらに緊張を強くしている。彼の足元の絨毯《じゅうたん》に、落ちた柿が転がっていた。彼の膝に当たって形が歪み、半ば砕けている。美砂子は蒼の座るソファの傍らに片手をついて、腹を折って上半身をグッと下に持っていくと、その柿の破片を拾った。その時、ふと、自分の顔の位置が、青年の股間の近くに来ていることに気づいた。彼のそこは、だいぶ目立つ状態になっていた。

俗に言うテントを張った股間に、美砂子は胸が高鳴り、緊張した。が、すぐに先日の宍倉とのことが蘇り、

(やっぱりこの子だって、私と体を密着させて興奮しているのだわ。私が、この子をこんな風にさせているのだわ)

などと浮かれてしまった。

宍倉と出会っていなければ、こんな風にはしゃいだ気分にはならず、美砂子も困惑して、さっと身を引いたであろう。

しかし、久しぶりに男との交わりをしてしまった後だ。美砂子は宍倉の真似をしてみたくなった。

触れると、想像以上に硬く、突っ張っていた。触れ直して、大きいなと驚いた美砂子は、まださっきと同じ笑いを漏らしてしまう。

そして、そんな自分が恥ずかしくなり、手は蒼のそこに置いたまま、美砂子は顔を上げた。

「ごめんなさい。こんなことして。嫌でしょう」

「い……いえ」

掠れた吐息のような蒼の声。拒絶されなかったと、美砂子はとりあえず安堵して、青年の顔を間近から覗き込んだ。

彼は、なんというのか、泣きそうな顔をしていた。美砂子は、誰かのこんな表情を初めて見た。

「……どうしたの？　大丈夫？」

と、思わず訊いてしまった。

「……はい」

ようやく聞き取れるほどの声で、蒼は答えた。

美砂子の片手は、まだ青年の股間にある。指先を、少しだけ動かした。

「……美砂子さん」

蒼がまた泣きそうな声を出した。

「嫌？」

「い、嫌じゃ、ありません、ただ……」

慣れていないのだろうか。きっとそうだと美砂子は思う。青年はソファに座ったまま身を硬直させて、先程から微動だにしない。きっとひどく緊張しているのだろう。可愛くもあるが、ちょっと歯痒い。

「大丈夫よ。そんな、大胆なことはしないわ」

「は、はい……僕、あなたとはまだ。好きだけど、今はまだ」

初めて彼は告白した。やはり自分のことが好きなのだなと、美砂子は思った。が、青年の潔癖さゆえか、歓んで欲望に溺《おぼ》れるようなことはしたくないのだろう。

美砂子は、

「解ったわ」

と囁いてから、青年の唇に自分のそれを軽く重ねた。先日の、宍倉との睦み合いの後では、それは軽すぎる接触でしかなかった。

が、蒼はますます身を硬くして、

「美砂子さん。すみません、僕――いえ、好きです。僕は好きなんです。美砂子さんのこと。でも、今はまだ――」

などと、盛んに口走りながら、立ち上がる。だいぶ混乱している様子だ。

「いいのよ」

だいぶ初心《うぶ》な青年だなと、美砂子も苦笑すると、今日の所はお帰りなさいよと、青年を玄関先まで送り出した。

「美砂子さん、あの」

青年は、促されるまま玄関で靴を履くと、改めてふり返り、美砂子を見る。美砂子の心中を推し量っているようでもある。

「いいのよ。急なことをして、混乱させちゃったわね。ごめんなさい。気にしないで、またいらっしゃい」

そう言い含めると、青年は人心地ついた様子で頷いた。そして静かに帰っていった。

若い男なら、あそこで自分を組み伏せるとかするものではないだろうか。一人になると急に物足りないような、若者の不甲斐なさが恨めしいような気持ちにもなったが、意外にも繊細で初心な蒼には、あれぐらいで帰ってもらって良かったのだろうと、最後には、そんなところに気持ちが落ち着いた。

宍倉の影響で、自分がずいぶん大胆になってしまった。

（あの子、泣き出しそうな顔をしていたわね）

そんな風に青年のことを考えたが、すぐに気持ちは薄れていく。もう一人の男、宍倉が、今の美砂子の心の大半を占めていた。

2　通う仲

これで二度目の逢瀬だ。

先週、初めてこの家を訪れた際、帰りがけに美砂子は宍倉に電話番号を教えた。

そして今朝、朝食を終えて、洗濯物を干し、食器を洗っていたところに、宍倉から電話をもらった。

「良かったら、今日あたり、また来ませんか？」

今日は木曜日。山の露天風呂で宍倉と知り合い、関係を持ったのは、先週の水曜日だった。

一週間経ってもまだ疲労と快感の余韻が体から抜けていなかったが、美砂子は、

「ええ、いいわ。行くわ」

と、答えた。早くも指先で自らの下腹部を軽くまさぐってしまうほど、欲求が旺盛になっているのには、戸惑った。

が、抱かれたいと思った。この一週間、物事をあまり考えられなかった。実家の売却に関する事務作業をこなす以外は、宍倉のこと――セックスのことしか考えられなくなっている。

ふと、蒼との出来事を思い出した。その後彼から連絡はなく、美砂子は気にならないでもなかったが、あれが彼との最後なら、それでもかまわない。今の美砂子は、宍倉のことで頭がいっぱいなのが本当のところだった。


宍倉の家に行くと、美砂子は彼の寝室に通された。

そこは前回の仕事場とは反対に位置する八畳間。裏は竹林で、風が吹くと、竹と竹とがぶつかり合う音が、カラコロと耳に心地よい。敷地が広いうえに隣接する家がないため、他は鳥の

声がするばかりで静かだった。

（こんな所で、体中に刺青のある男と二人きり……夢の中にいるよう）と、美砂子は思う。

宍倉は蒲団《ふとん》を使っているので、寝室といっても、それを片付けた今は寝具の類は見当たらず、ただ殺風景な畳の部屋でしかなかった。壁に東南アジアのものらしい精巧な切り絵が額装されて飾られている他は、壁際に時代小説の文庫本が数冊重ねてあり、その横に小さなラジオが置いてあるだけだ。

「さっきまで、蒲団を干していたんだ。今日は天気がいいからね」

宍倉は所帯じみたことを言いながら、押し入れを開くと、入り口に突っ立つ美砂子をチラと見て、

「蒲団、敷くだろう」

と、笑った。

美砂子はとっさに羞じらってしまい、うつむいて、小さく頷いた。

宍倉は、やもめ生活が板についた様子で、てきぱきと手際よく蒲団を敷いている。まめな男らしい。部屋だけでなく玄関なども綺麗で、掃除が行き届いている。アウトローな仕事とはいえ、人の皮膚の深淵に触れることを常とし、体液と血を顔料と交歓していく仕事なのだ。実は潔癖なのかもしれない。

「ハハッ、どうせ敷くなら、片付けなくてもよかったのにな。けど、あなたが寝た時に、気持

ち良い方がいいと思ってね。ほら、おかげでフカフカだよ」

　凄みのある彫り物を背負っている男が、主婦顔負けのまめまめしさを見せるのは好ましい。落差のある様子は、愛らしくも感じる。そうした白分に照れて、美砂子に向かって急に饒舌になったりする様子も、そしてそのまめな世話が自分のためにされていることも、美砂子は嬉しくてたまらない。

　着ていたカーディガンを脱いでいると、

「こっちへ、おいで」

と、宍倉はセーター姿のまま掛け蒲団をめくると、そこに横たわり、傍らのスペースを叩いて美砂子を見上げる。

　美砂子もスカートを穿いたまま、上はシャツ一枚で、彼の体に身を添わせた。

　すぐに腰に腕が這い回される。

　美砂子はその腕に手を重ねた。

「彫り物は気にならないか？」

「ええ、不思議とならないわ。あなた、私とこうしていていい？」

「あぁ、いいさ。俺もやっぱり、こうして触れていると安心するよ……。人の基本なんじゃないかなぁ、こういうのって」

　宍倉が素直なことを言うので、美砂子は内心驚き、そして喜びを隠せなくなって笑顔を彼の胸に押しつけていく。胸の奥にまだ残る無垢《むく》な純真さが、この男によって大きく蘇るようだった。

「先週、ここで最初に繋がった時、あの後、しばらくは解らなくなっていただろう」

宍倉は、腕の中にいる美砂子に言った。

「……なんだか、ぇぇ」

美砂子は曖昧《あいまい》に答え、低く笑う。

「よかったか？」

「……ぇぇ……すごく。鏡が……」

「刺激的だった？　俺も久しぶりに、あんな二度も出て、自分でも驚いている」

「鏡が、刺激的でした？」

「いやぁ、あなたがよかったんだよ、美砂子さん。俺の歳で、立て続けに二回だなんて、奇跡だよ」

と、宍倉の声は最後は甘い囁きになっていた。美砂子の腰を抱く腕に力が入ってゆく。そのまま、腕は這いずるように、女体を締め上げてきた。

「……んぁ……っ。こんなに力があるのに、そんな、歳なものですか」

「そうかね。ほら、言っていた爺さんと比べて俺はどうだい？」

美砂子が結婚直前の一時期に関係を持った奥田老人のことを、案外宍倉は気にしているのだろうか。

「そんな比べられないわ」

と言いつつも、宍倉とそう年齢は変わらなかったはずなのに、今にしてみれば、奥田はだいぶ老けていたな、などと過去を思い出す――


奥田老人宅の古い日本家屋の二階。床の間があり、その横の押し入れを開くと、幾つもの箱――菓子折や、贈答品の入っていたらしい空き箱――を出してきた奥田。中にはヨーロッパ旅行の際、デンマークで買ってきたなどというポルノ雑誌の類が詰まっていた。

「無修正だ。あっちはポルノ解禁だからね」

美砂子は特別羞じらうことも、驚くこともなく、少しの興味を持ってページを捲っていく。

「こんなのもあるんだよ」

別の箱からは、高性能な日本製のバイブレーターやローターなど、大人のおもちゃが出てきた。

「こんな物を、隠し持っているのですか？」

美砂子は微笑ましいような呆れるようなで、ちょっと笑った。

「見たこと、ある？　女の子は、本物見たこと、なかなかないんじゃないかな？」

玩具の入った箱には、個別包装のコンドームが二、三個、一緒に入っていた。

「使ってみる？」

家に入ってから、奥田の口調は妙に女性的な湿り気を帯びるようになっていった。

「……はぁ」

押し入れとは反対側に襖があり、開くと蒲団が敷いてあった。

「大丈夫。僕はもうお爺ちゃんだから、お嫁に行くのに差し障りないよ」

つまりはもう勃起しないということらしい。少し面倒くさいという思いがありながらも、危険も感ぜず、求められれば断りの言葉も見つからないまま、美砂子は奥田の好きにさせた。

老人は蒲団の上で、美砂子の陰部を延々と舐めては玩具を使った。

「バイブは、痛いです。ローターの方が、気持ちいい」

老人はローターもコンドームを被せて使った。その震動と、執拗なクンニリングスで、美砂子は思いのほか乱れてしまった。挿入がないからこそ、繰り返しイキ続けてしまう。

それに溺れたわけではないが、週に一度、奥田の家に行くようになった。通ったのは正月が明けて間もなくから、二月の末までの二ヶ月弱の間のこと。奥田から電話をもらい、翌日か、翌々日に約束をして訪ねるのだ。奥田もその日は、きっと「空き家の片付けをしてくる」などと妻に言い、数駅向こうからやって来るのだろう。

美砂子も知っている鮨《すし》屋の握りや海苔《のりま》巻き、そして餅菓子などが、訪ねて行くと二階の部屋に用意されている。昼食とお八つを兼ねて雑談すると、さてという具合に襖を開いて隣室に移動する。

すでに床は敷かれていている。美砂子が訪ねていくのは、たいていが午後の一時ぐらいだが、思うに老人はだいぶ早くから来て、床を敷いたりなどもてなしの用意にいそしんでいるようだった。

事が終われば風呂が沸いていて、入って行けと言う。

古いが昭和のしっかりした造りの浴室で、浴槽はさすがにホーローだったが、『湯殿』と呼びたくなる雰囲気の空間だった。

床には簀《す》の子《こ》が敷いてあり、壁は化粧タイルだった。沸かしてある湯はいつもかなり熱くて、入るなりのぼせてしまった。時刻はたいていまだ夕方で、美砂子はそれから徒歩で十五分ほどの自宅アパートまで歩くのだが、飲食後の立て続けのアクメ。直後の熱い湯で、体は疲労した。ある時、湯から出て間もなく真冬の外を歩いて帰り、湯冷めをして風邪を引いた。長引いて、翌週に老人から電話をもらった際、『今週はちょっと』と、断った。体調も悪く、口調はついつい邪険なものになってしまった。奥田老人は、それで嫌われたと思ったらしい。以降、電話は来なかった。美砂子もなんだか面倒になっていたので、結局それきりとなった。

間もなく、美砂子はその町から引っ越した。

奥田老人は、もう亡くなったであろう。

「解らないぜ。貪欲な老人だから、長生きしてそうだ」

と、寝物語に奥田老人とのことを話すと、宍倉は冗談交じりにそう言い、笑いながら、

「で、その爺さんは、一度も挿れなかったのかい？」

と、美砂子の服を脱がせる手を止め、恥丘部を、ショーツの上から手で覆ってきた。指先がジリッと動いて、割れ目を探りだす。

「え……えぇ、一度、試みていたわ」

「で？」

「挿《はい》ったような、挿らなかったような」

「舐めたり、ローターを使ったりするのに、爺さんは服を着ていた？　それとも」

「えぇ、いつも裸で、私のことを……。何度もイクと、さすがにキツイでしょ。ぐったりして、休憩して。その間、ずっと向こうも裸で添い寝して」

宍倉は楽しそうに、あるいは呆れたように笑っていた。

「で、大きくなったから試しに合体したわけ？」

「えぇ、でも、挿入された感覚は無かったし、何度か腰を押しつけてくると、『アッ』って、小さな声を漏らして、そそくさと私から離れて……私も、あまり詮索しない方がいいと思って、あの時はされるがままになっていたわ」

「美砂子さん、あなたそうされて、どう感じていた？　爺さん、きっと射精とも言えない射精をしたんじゃないかな？」

「いじらしいように感じて。だから、あの時は人形になっていたわ」

「優しいんだね」

宍倉の口調に熱がこもる。美砂子は救われたような気持ちになって、

「だいて——抱きしめて、強く」

と、宍倉にしがみついた。

（あぁ、甘えられているわ。私。だから——）

だからこの男は、いい男なのだと、美砂子は納得する。

「だったら、早く脱いで。俺はその爺さんよりも元気だよ。だからさ——」

形ばかり、僅かに抱きしめただけで、宍倉は性急に美砂子を裸にしていく。

「えっ……ちょっと、待って」

男から求められるより、その庇護を与えて欲しくなっていた美砂子は、ちょっと裏切られたような、不服な思いが湧き起こり、されるがままになった。

宍倉の物腰は性急だった。

少々手荒く美砂子の体から残りの服を脱がせ——いや、剥ぎ取っていく。

「さぁ、これも」

今日の逢瀬のために、新調したショーツにも、宍倉はまったく目も向けずに、それをぺろりと引きずり下ろす。

「ハァアッ」

朝、念入りにシャワーを当てた下腹部の、性毛の隙間に外気がサッと流れて、毛の一本一本が浮き上がるような感触がした。再び宍倉の前で下腹部をあらわにしている、その実感が心地よく、美砂子は息が上がっていく。

「あぁぁん」

甘え泣く声を漏らした。片腕で乳房を、もう片手は下腹部の茂みを隠し、蒲団の上で仰向けのまま、目を閉じ、腰をよじり気味にして軽く喘ぐ。

「俺にも全部、見せてくれよ」

唸りながら宍倉は、美砂子の両腕をバンザイさせると、肘のあたりでガッシリと押さえつける。そうして背を丸めてのしかかると、あらわな腋の下や脇腹、腹、臍《へそ》の周囲から臍穴、そして恥丘際すれすれの下腹までを舐め回してきた。

「ウンッハ……アウンッ……」

唾液を含んだ熱い舌がジュパッと肌を滑り回る。その感触はこそばゆく、舐められるそばから美砂子の肌が粟立《あわだ》つ。

「ンンンッ、アッ、だ、だめっ」

とうとう美砂子は悲鳴をあげて身をよじる。それは耐え難い感覚で、逃れようとして激しく抗ってしまう。

が、しかし、

「駄目じゃないか。俺の好きにはさせてくれないのか？」

どことなく芝居がかってないでもないが、宍倉の声と口調は脅しつけるようなもので、怖かった。美砂子は一瞬ヒヤリとする。

しかし薄目を開けて見てみれば、自分を覗き込む宍倉の目は欲望にぎらつき、歪んだ口元に欲情がありありと浮かんでいた。

「その爺さんにはさせて、俺にはさせてくれないのか？　それとも、まだまだ男でいる俺では、駄目なのか？　えっ？　そんな爺さんよりもずっとよくしてやれるさ。美砂子さんさぁ――」

宍倉は、嫉妬しているのだろうか。ますます美砂子を押さえつけると、首筋と言わず肩先と言わず、腹と言わず、背を丸めて頭を落とし、口の届く範囲、女体の全てを甘噛みし、舐め、吸ってくる。

「アアッ、待って。どうして、こんなの駄目。こんなの……アアッ、こんなぁぁー」

美砂子は声を張り上げ、激しく反応した。

身をよじりたくとも、今や宍倉の片膝が美砂子の太腿の付け根を押さえつけて、さらに動けなくなっている。

「いやぁ、もっと、優しく。どうして……ンアッ、アアッ、どうして」

「あなたがこうさせるんだよ。美砂子さん」

宍倉の口調からも、余裕が失われていた。

「そんな、どうして、私が——」

「いい女だからじゃないか。そそられるんだよ」

宍倉が呻いた。

その瞬間、美砂子は、ふわっと体の浮き上がるような高揚感を覚える。選ばれる快感——だった。

「アァッ、宍倉さん——あなた、ねぇ、あなた——いいわ。ネエ、好きにして。私のこと、あなたの好きにしていいのよ」

粘っこい声で、思いきり媚びた。

「あぁ、するさ——そら」

美砂子はくるりと体を転がされて、うつ伏せにされる。髪を掴まれて、うなじを剥き出しにされると、そこから背骨に沿って腰まで、ズルッと舐め下ろされていく。

「フゥワァアッ」

震え、膨らむ声が、美砂子の口から漏れていく。ゾゾゾッ、ゾワッと、またも砂が流れて行くような刺激が広がり、美砂子は反射的に、身を反らしていった。

「いいのか？」

宍倉の責めは執拗で、美砂子の体はうつ伏せのまま左右にうねり止まない。絶えず声をあげ、いつしか汗に濡れ光る。

「せ、背中……私、そこ、性感帯かも、しれな、ぃ――ファッ、ハァウッ……」

体のあちこちで鳥肌が立っている。太腿の裏、二の腕あたりにチリチリと、その感触が走っている。喘ぎすぎて息が乱れ、ふと放尿しかけて慌てる。が、その尿意さえも気持ちがいい。

宍倉の舌が腰から臀部へ下りてきて、

「ンァーーァアッ」

と、美砂子は笛の音のような細く長い声を出しながら、自然と尻を突き上げていく。

僅かに開いた太腿の間、その付け根で女陰は激しく疼いている。

「舐めて欲しいか」

宍倉の声がした。

「は……はい、なめ、て」

「じゃあ、自分で広げてみせて」

静かで突き刺すような物言いに、美砂子は（なんて恰好をするの）と困惑しつつも、肩先を蒲団につけ、両手を背後に回して、左右の指先で大陰唇を広げてみせる。ニチャッと粘液の音がし、微かに甘酸っぱい匂いさえ漏れてきた気がする。

すぐに熱い吐息と共に、そこは宍倉の口に塞がれた。

「アァアッ、アンッアンッ」

亀裂の奥を、彼の舌先は細かく行き来するよう上下に蠢く。

「アアッ、いい。いいっ」

美砂子も呻きながら、ますます尻を突き出していく。もっとそこを舐めて欲しくて、いつしか四つん這いになって尻を背後へ突き出している。喘ぐたびに下垂した乳房が揺れる。宍倉の両手が、そこへ伸びて来て左右共に乳頭をまさぐり、乳首を思いきり捻る。手術した左胸に、つれるような特別な痛みが走った。

「ウアアアッ」

痛みの後、痺《しび》れる中にジュワッと弾ける快感がある。美砂子は夢中で肩を揺すった。

「どうした。逃げんでくれよ」

ピシャリと、宍倉が臀部を叩いた。小気味よい、大きな肌打ちの音が響いた。

叩かれて、美砂子の胸の中をヒヤリとしたものが抜けて行った。

「ご、ごめんなさい」

慌てて尻を再び突き出そうとした、が、その時、いきなり体を捻られて、再び蒲団の上に仰向けにさせられる。

「痛いのは、嫌か?」

今度は真上から両手が伸び、乳房を鷲掴みにされた。

握られ、絞り出された乳頭へ、宍倉は顔を落としてきて、交互に舐め、吸い上げる。

彼はまだ着衣のままだ。あの刺青も隠されているためか、白髪と面長の顔だちなどが、どことなく理知的な雰囲気をかもし出している。

そういう男が、欲望もあらわに女体に手を伸ばしている様子に、美砂子は激しく興奮する。

「嫌じゃない。嫌じゃない。でも、怖いぃ……痛いの、怖い。欲しいけど、怖いわ」

「どこに？」

「えっ？」

「どこに欲しい？」

乳首を、ちぎらんばかりに摘み上げられる。

「アアアッ――だ、だめ」

美砂子は絶叫してしまう。背中がアーチ状に仰け反った。本当は一瞬でも我慢できないほど痛いのに、我慢しようとしてしまう。

片手を放すと、宍倉は自らのパンツのジッパーやボタンを外していた。

「どんな体位でしたい？」

靴下だけ残して下半身のみ裸になると、彼は訊いてきた。

「えっ」

「体位だよ、好きな」

「このまま、来て。正常位がいい」

「よしっ」

上半身は着衣のままで、宍倉は挿入してくる。今まで全身に愛撫を受けてきて、ただ唯一手つかずだった膣内が、一気に擦られ満たされていく。

「アアアッ」

抜き差しもまだしないうちに、美砂子は悶絶して声を張り上げた。自然と仰け反り、胸元と顎先を突き上げる恰好になる。

宍倉は、そんな美砂子を見下ろしながら、おもむろに動く。両手は女体の腰を挟み持って体勢を安定させた上で、リズミカルに動きだす。

「アン、アン、アン、アン」

乱れのないストロークが延々と続く。火照りきっていた膣壁はこれでもかと擦られる。あれほど濡れないと思っていた女陰が、今は恥ずかしいほどに粘液の音を響かせ、一物のスムーズな動きを助けている。

美砂子の口から熱を帯びた声が溢れ出た。

「ンアン、ンアン、ンアンッッッ」

宍倉は動き止まない。美砂子にとっては、いよいよその反復による官能が煮詰まってどうしようもなくなり、喘ぎが切羽《せっぱ》詰まったものになる。

「ンア、んね、ねぇ――お願いっ」

美砂子は両手を宍倉に伸ばす。腰を掴む彼の手の甲から、肘へと両腕を撫でさすりながら懇願する。

「来て。このまま、こっちへ身を倒して、抱いて。乗ってきて。抱きしめて」

宍倉は黙って美砂子を見下ろしていたが、その間に彼がみるみる昂ぶっていくのが解った。彼はフッと苦しげに目を細めるなり、身を倒して、美砂子の上にのしかかってきた。

「アァ、いいか。これ」

と、美砂子の肩にしがみつく恰好で、ひときわ強く突いてきた。そのつど美砂子は身を揺らしながら、

「いいっ。アアッ。いいわ。あなたの、これ——すごくいい」

宍倉をなんと呼んでいいか解らず「あなた」と口にすると、妙に生臭いような感じがして、美砂子はドギマギしてしまう。

「こうされると、ひときわ感じるだろう。こうされると、ほら」

恥骨を割らんばかりに突かれて、美砂子はたまらず宍倉にしがみつく。

すると彼が顔を落として、唇を奪ってきた。美砂子の舌を吸い、自分の舌を絡ませる。

美砂子は口を半開きにして、伸ばした舌をしばし吸われるままになっていたが、頃合いを見て、自分でも口を動かし、相手の舌を吸ったり、自分のそれを絡めたりしていく。

一瞬、宍倉の腰の動きを忘れるほど、口づけに没頭した。嫌でも興奮が増してきて、美砂子は夢中になっていく。両脚は大きく広げて持ち上げたまま、呻きを漏らしながら舌を動かし続

ける。

(アァ、好き。この男が、好きだわ)

そう思うにつれて美砂子の陰部は疼き、熱くなる。すると宍倉にそこを突かれて、

「ファンッ」

と、美砂子は悶絶する。濃厚な口づけは終わった。

宍倉は、美砂子の胸に身を乗せたまま、強く突き続けた。

「いい。いいっ。そうして、やめないで、突いて。突きながら、抱きしめていて。このまま――強く抱いたまま、突いて――アアッ」

反復に続く反復。終わりなく突かれて、美砂子は絶頂感を覚えてきた。

「だめ、イク。イッテる――」

今まで体験したことのない快感、あるいは体感に襲われて、美砂子は悩乱した。野太い声が漏れて、腹筋が痙攣し始める。その震えは腰にまで伝達した。

「オオッ」

宍倉も慌てるような声を漏らし、次の瞬間美砂子の中に放っていた。

「ウッ、オッ……オオォッ」

彼は幾度も喘いでは、腰を震わせている。この男がこれほど我を忘れて喘いでいることが嬉しくなり、美砂子は出会ってから最も宍倉を愛おしく感じる。

その男の精液が陰部の奥にたまってゆくのを感じ、宍倉にしがみついて全身を痙攣させ、発作でも起こしたように全身汗まみれになって身を震わせ続けた。

終わってから、ようやく宍倉は上半身の服を脱いで全裸になると、改めて美砂子と抱き合いながら横になった。

「正常位が気持ちいい人が好き。正常位でも激しくて、何度でもその体位でしたくなる人がいいの」

ふと感情が昂ぶり、宍倉にしがみついて、そう囁いた。美砂子は、またすぐにでも彼と繋がりたくなっていた。

「あなた、おとなしそうな人妻に見えるけれど、けっこう色々と体験しているね」

美砂子の二の腕から背中をゆっくり撫でながら、宍倉が笑いを滲ませて訊いてきた。

「そう？　……どうかしら。高校を出てから東京でずっと一人暮らしだったから」

「で、色々な男と付き合った？」

「どうかしら？　そこそこ男性とはお付き合いしたけれど」

「不倫なんてあったかい？」

「……あったわよ」

「泥沼の関係に――なったりしたかい？」

「私、そんな風になったことないの。略奪とか、何が何でも相手を奪うとかって」

「相手の男には溺れないが、これするのが、好きなんだろう。ここに、溺れるんだろう、いつも」

宍倉の片手が美砂子の股ぐらを探り、割れ目を広げて指を入れてくる。

「ア、アッンン――そうかも、しれないわ」

あながち宍倉の言うことは間違っていないと感じ、美砂子は内心ハッとしていた。

「オマンコに溺れるか。言ってみてくれよ」

「何て？」

「オマンコが好きと」

「そんなぁ……あの、あのオ、マンコ――アァ、嫌よ。好きよ。するの好き。でも、恥ずかしい」

昂ぶりが増して、美砂子は宍倉にしがみつく。太腿を開き気味にしたまま腰を浮かせて、宍倉が手を動かしやすいように気を配りつつも、口走る。

「イクのが好きなの。男の人に、イカせられるのが――アァ、好きなの」

「こうされるのが？」

宍倉の手の動きに力がこもる。スピードも増して、美砂子はいよいよ喘ぎだした。

「あぁ、また。いいいっ、ねぇ――ねぇ、あなた、このまま、イカせてよ。お願い」

仰向けで、両肘を蒲団について起こした上半身を支えながら、広げた脚の間を猛烈な速度でスライドする宍倉の片手を眺めた。

「アアッ、好き。好きよ」

「もっと言ってごらん」

「そ、そんなぁ……アァア、好きなの。イカされるのが、イクのが——またイキたい。今、イカせて、アァアン」

美砂子は頬から首に熱が回るのを感じる。火照りきっている。いつしか、内部まで掻き回されて、美砂子は浮かせた腰を細かく上下に揺すってしまう。陰毛が逆立つようだ。

「ふふっ。そんなに感じて、乱れられると、こっちも止まらなくなるよ。何度でもイカせてやりたくなる——それにしても敏感だなぁ」

そう感嘆してから宍倉は、ふと訊いてきた。

「色んな男がいたんだろう。色んなことしただろう。どんなことが好きなんだ？」

しかし宍倉が激しく手首をスライドさせるので、美砂子は喘ぐことしかできない。

今までの男——年上の男は、妻帯者が多かった。夫は一度短い結婚を経験していて、知り合った時は独身だった。

「どんなこと？」

美砂子は思わず訊き返す。

「あぁ、どんなセックスが好きなんだい？」

宍倉に問われて、美砂子は言葉に詰まる。

「どんな……。私、年上の男が好きよ。私を守ってくれるようで、嬉しいの。私も甘えられる。そうやって、甘えさせてくれる男の人が望むことなら、叶えてあげたくなるわ」

「ほぉ、望めば何でも叶えてくれる？　何でもか？　今までどんなことを望まれたんだい？　俺が望めば、何でもしてくれるか？　えっ？　どうなんだい？」

宍倉に過去を問われると、美砂子はなぜかせつなくなってくる。こんなにも自分を気にかける彼がいじらしくてたまらない。美砂子の胸にせつなさが溢れてきた。

その感情が性感と結びつく。

「アンッ、アンッ、アンッ——イクゥ」

半べそをかいた泣き顔をして、美砂子は達していく。その間もずっと腰を上下に振るのが止められない。

「イク、イク、イクゥ、アンッ」

最後は股間が大きく弾んで、ガクリと全身を投げ出していた。美砂子の体に痙攣だけが残った。

「感じやすいんだなぁ」

「あぁっ……し、知らない」

「イクのが、好き？」

「え、えぇ……好きでたまらない」

「これからも、泣くほどイカせてやるよ」

宍倉が顔を覗き込んできた。

「あぁ、そんなことされたら、本当に、あなたのことが好きでたまらなくなってしまう」

「なんだい、じゃあ今はまだ、たまらないほど好きじゃないんだな」

宍倉は笑う。美砂子は微笑んで彼の肩に手を伸ばした。

刺青で埋まる青暗い彼の肌に重ねると、美砂子の肌は、美しい白さだった。

美砂子は二人の重なる皮膚のコントラストを見つめて思う。

(この男が好きだ……)

3　年上の女　残皮の花

「あなたって、自分のことを何も教えてくれないわね」

「別に秘密にしているわけじゃないさ。こんな、俺みたいな男の半生なんて、聞かされるあなたが退屈だろうと思ってね」

「そんなこと、まったくないわ。あなたに最初に会った時から、興味があって……」

「こんなものを背負ってるからか？」

宍倉は笑って、美砂子の顔を覗き込んでくる。

「えっ？　背負う？」

「肌に、こんなものを入れているからか？　という意味だよ」

あぁ、と、美砂子は合点すると、改めて尋ねる。

「えぇ……そうね。どうして、そんな生き方しているのかと……興味あるわ」

今日で、三回目の逢瀬だった。宍倉の存在が、美砂子の心の中でこれ以上ないほど大きくなっていた。

宍倉はフッと笑う。

「生き方なんて、たいそうなものじゃない。ただ好きなだけだよ。彫り物がさ——いや、俺が勝手に溺れこんでいったんだな」

「溺れこむ？」

美砂子は緊張を高めて訊き返す。果たして、この男の過去はどんなものなのか。そこに、どんな女がいるのか。宍倉に心が寄るほどに、美砂子が立ち入れない彼の過去に好奇心以上のおののきが募ってきていた。

「あぁ、溺れこんだんだよ。一人の女にさ」

美砂子は緊張で硬くした体を宍倉に押しつけると、その胸元で囁く。

「教えて」

「うん……大学を卒業して、間もなくだったよ――」

宍倉は話し始める。心なしか声と口調が改まっていた。

「時代だね、あの頃は皆そうだったが、俺も学生運動に没頭していたんだ。校舎の中、バリケードを造って立てこもったり、教師陣と衝突したりさ。よく言われるだろう、それでも卒業が見えてくると、皆、髪を切って就職活動に勤しむって。俺はそれができなかったんだよ。かといって、活動にのめり込むほどでもなかった。なぁに、若者が躍起《やっき》になっても、世の中なんて変わりゃしないさ」

宍倉は横向きになって身を起こすと、下になった腕を曲げて肘をついて上半身を支えながら、て遠くを見る目つきになった。

こうして男が自分から遠くなるほどに、その顔つきやしぐさが魅力的に映るのに、美砂子は気づいた。物憂《ものう》げな宍倉は、震いつきたくなるほどの渋みと男臭さに満ちている。

宍倉は続ける。

「実家にも帰りにくい。当時、もうこの家は兄貴が継いでいたからね。しかも兄貴は結婚して所帯を持っていた。だから、まぁ、気持ちを切り替えて仕事を探したけれど、うまくいかなかった。それで有り金持って旅に出て――金沢《かなざわ》だったな。露天風呂に入ったんだよ。あなたと出会った時みたいにさ。いたのは男だった。いかつい男で、その男の背に弁天様《べんてんさま》が彫られていた」

美砂子は仰向けで、傍らの宍倉の語りにじっと耳を傾けている。

「自分の作品も含めて、これまで見た全ての彫り物の中で、あの弁天様を超えたものはおろか、近づいたものもないよ……あぁ、そうだよ、あれは生きている。あの北陸の小さな組の親分の背中で、生きていたんだよ」

ぶらりとあてもない旅先の露天風呂。偶然に居合わせたやくざものの男は、案外と気がいい人間らしく、若い宍倉が自分の彫り物を見て言葉を失っている様子が嬉しかったのか、あれこれ刺青自慢を話して聞かせた。

「横浜の彫り師に彫ってもらったんだよ、兄ちゃん。『彫富』って左の腰あたりに彫ってあるだろう。それが、これを彫った彫り師の名前さ」

やくざものの男は言った。名人と聞いて、横浜に宿を取り、彫富のもとに通った。

「一年はかかったかな。それだけの甲斐はあった。もう十年経ったが、誰に見せても誉められるさ、と、組長は自画自賛するが、それも納得する出来映えだ。あれが初めて見た刺青だったな。いやぁ、衝撃だった。何が衝撃かって？ 弁天様の顔と体だよ。生きているんだよ。それがまた美しくてさ——湯の中で、俺さ、勃起してたんだよ」

「……まぁ、そんな」

美砂子は息を呑む。今よりずっと若い宍倉が、そこまでの熱情に駆られる存在に、たとえそれがどこかの男の皮膚に彫り込まれた女であろうとも、美砂子は嫉妬した。

「で、その組長、言ったんだ。この弁天様は、彫富の妻がモデルだってね」

妻を傍らに呼び寄せて彫ったのだという。

「俺はさ、もう翌日には金沢の宿を発って、横浜に向かってた——まぁ、若かったんだな。えっ、その組長と？　湯の中で話したのが最初で最後だ。横浜のどこの町に彫富がいるかは、湯に浸かりながらちゃんと聞いておいた。その際、兄ちゃんも彫ってもらいたいのかと、組長に訊かれたが、解らなかった。ただ、行かないといけないってね。馬鹿みたいだが真剣だった。若さだね。今にも動きだしそうな弁天様を見て、その女に惚れていた」

「それで、結局は弟子入りをしたのね」

美砂子はそっと尋ねた。

今すぐに宍倉の腕を掴み——いや、彼にしがみついて、肌と肌とを密着させて抱き合いたい。しかし美砂子は、触れるのが怖ろしかった。彼が今、追憶に耽り、過去の、おそらくは宍倉という男の核となるような時期に心が還っている今は、なんだか彼には触れられない。好きな男の、自分が知らない、立ち入れない過去。嫉妬のあまり体が硬直して、美砂子は先程からずっと仰向けのまま、身も心も硬直して動けない。

「あぁ、そうだが、その前に、まずは客となったんだ。自分の体に初めて墨を入れてね」

「あなたの、その背中の、メデューサが」

「あぁ」

宍倉は頷いた。

美砂子の体がかじかんでゆく。

宍倉の心には、今もまだその女が生きているのだろう。そして今、天井を見上げる宍倉はこうしている間にも過去を覗き、彼女と出会っているはずだ。そんな時に、横から自分が現れてはいけないと、美砂子はやがて、心までかじかんでいった。

それでいて、宍倉と彼女がどうなったのか、もっと知りたかった。知らないままでは、美砂子の気は済まされなかった。

「後悔しないよう、よく考えろと彫富は言うからさ、一ヶ月間、彫富のもとに通い詰め、ようやく彫ってもらったんだ。三ヶ月以上かかって、途中で彫りの代金が払えなくなってね、だから仕事場の掃除でも何でもするからと、頼み込んだ。さらには宿代も出せなくなって住み込みでね。掃除から買い物まで、何から何までさ。ようやく彫り終えた時には、自分も彫り師になろうと決心していたよ。何でもするからお願いしますと土下座してね」

何年もの間、彫富の傍らで雑用をこなし、一から刺青のいろはを学んでいった。最初の一年は住み込みだったが、給金はまともに出なかった。二年目から月々のものを手渡され、半年ほどで、近くにアパートを借り、師匠のもとに通った。

「憧れの、師匠の奥様と、一年半、同じ屋根の下。それからも近所に住んで、毎日顔を合わせていたのでしょう？　何もなかったの？」

あったのじゃないか、と、美砂子は思っていた。宍倉は、手が早い男なのだろうとも思っている。

「……うん」

宍倉は珍しく気むずかしい顔をして、口ごもった。

何かあったのだ。

「苦い恋に終わったとか」

いつまでも宍倉が黙っているので、尋ねると、またもや彼はしばらく返事をせず、やがて、

「あれはなんというのかな」

と、呟いた。

「聞かせて」

美砂子はたまらなくなって、とうとう横たわったまま身をよじりつつ、宍倉に密着していった。

「俺が彫り師として初めて彫ったのは、師匠の奥さん――灯子《とうこ》さんの肌だったんだ」

と、宍倉は語りだす――

住み込み生活を終え、アパートを借りてから二年が経つ頃、

「そろそろ誰かの肌を彫ってみるか」

と、師匠に言われた。

それまで宍倉は練習として、自身の太腿に彫り物を入れてきた。彫富はそれを見て、そう言

ったのだ。

どんな人物が初めての客になるのかと、宍倉は緊張を覚えたが、

「灯子の背中一面に、咲き乱れる朱の牡丹と蘭中金魚を彫ってみろ」

と師匠に告げられ仰天した。

彫富は、この時六十を超えていた。対して妻の灯子はまだ三十代後半の若さ。一年中和服で通す、大人しい女で、宍倉からすれば一回り年上の人妻だ。

この三年半ほど、ほぼ毎日、彼女とは顔を合わせている。最初の一年半は、彼女の手料理を毎日食べていた。住み込み生活は楽ではなく、時には逃げ出したいこともあったが、灯子がいたから、宍倉は踏ん張れた。まさに金沢の湯の中で見た弁天は、灯子の生き写しだった。

師匠の妻に施術するのは、師匠が仕事を終えてからの夜の時間、師匠の仕事場で、師匠の彫富を常に同伴してということになった。

「お願いいたします」

その夜、灯子は夫の仕事場の敷き布団の上で宍倉に一礼すると、帯を解き、白い襦袢《じゅばん》をさっと脱ぎ、巧みに乳房を見せずにうつ伏せになった。

宍倉は唾を呑み込む。灯子の象牙《ぞうげ》色の肌は、内に輝きを閉じ込め淡く輝いている。

宍倉は、まず灯子の背中から腰へと下絵を描くと、彼女の背に一礼し、祈るような気持ちで初彫りを開始する。

サクサクと針先を跳ね上げるように動かすと、弾力に満ちた灯子の皮膚は、針先を押し返してくる。刺すそばからリンパ液が滲む。宍倉はおろしたての晒しでそれを拭いつつ、針を動かしていったが、

（えっ？　消えていく？）

しばらくして、思わず手を止めた。はじめは信じられなかったが、灯子の皮膚から大量のリンパ液が放出し、たった今彫り入れた顔料を皮膚の中から洗い流していた。

宍倉は慌てて師匠へ顔を向けた。

「そうだ。灯子の皮膚は刺青を拒絶するんだ」

「そんな、まさか」

「あり得ないと言いたいんだろう。自分も女房の体が信じられなかったからね」

「私は……普通には刺青を背負えない体なの。今まで主人に、何度彫られたことか」

「でもアレすると彫れるんだよな」

師匠が妻を掴み、蒲団の上で身を反転させた。仰向けの灯子を見て、宍倉は息を呑む。

「あ！　師匠、これは？」

黒い炎のような性毛のすぐ上に、京紫のクレマチスの花と翠色の蔓《つる》と葉が、彼女のそこを愛撫しているように彫られている。

「これは彫れたんだ。夫婦だからな。坊主よ、そこは互いに睦み合いながら彫ったんだ。一物

を挿入している間は墨を受け入れるのさ」

灯子が刺青を入れてくれと、彫富のもとを訪ねて来た時、彼女は十九歳。彫富は三十半ば。やはりまったく彫れなかった。彫っても彫っても、墨が入らない。諦めぬ彫富の針を受けるうち、灯子はその刺激に歓びを覚えるようになっていった。そうして関係が深まり、灯子はまっさらな肌のまま、彫富と結婚して、富山《とみやま》灯子となった。

夫婦となってからも、幾度となく灯子の肌を彫ったが、駄目だった。ある時、彫富は苛立ち、そのまま妻を犯した。そして、正常位で繋がりながら、自棄《やけ》を起こして針を刺していった。

「その時、そうして墨が入ったんだ」

「なら今度もそうやって彫れば。なぜ僕に」

「もう無理なんだよ」

師匠は苦笑いした。六十過ぎて、不能なのだという。飲んでいる持病の薬の影響らしい。そこで宍倉が、彫富の代わりに灯子とまぐわえという。

「浮気しろっていうんじゃない。こいつの肌に墨を入れるためにまぐわう相手なんだから、ちょっと難しいんだよ、相手を探すのが。で、こいつに訊いたんだ、そんな相手、誰がいい？って。そうしたら、坊主、おまえがいいって言うんだ」

宍倉は返事もできない。内心、嬉しかった。

「こいつの肌は俺が彫る。おまえは下になって、灯子を貫いていてくれ」

その夜から、たびたび珍妙な三人の夜を過ごすことになった。

若い宍倉はいくらでも勃起をした。相手は憧れていた人妻だ。勃起し続けられる。しかし恋愛や不倫の過程などいっさいすっ飛ばしての挿入。それも彼女の夫の前で。彼女は刺青を施術されながら……。困惑も大きい。何より挿入しても腰の律動はおろか、身動きひとつとれないことが辛い。

裸で仰向けになった宍倉に、灯子が騎乗位で繋がると、そのまま上から身を伏してきて裸の体を宍倉の胸に載せてくる。

彼女の乳房の厚みと柔らかさを充分に感じつつ、ただ事務的に繋がるばかり。

しかし夫の針を肌に受けると官能を刺激されるという灯子だ。宍倉と繋がり、感じることを抑えられても、背中を夫に彫られると、悩ましく喘ぎ、汗にまみれて身悶えする。

「アアッ、奥さん——」

宍倉は我を忘れて呻いた。一物には膣のうねりを感じてさえいるのだから無理もない。

「だ、駄目だもう」

とうとう灯子の体を抱きしめると、下から腰を動かしていた。

「アアアンッ、宍倉君」

灯子も素直に喘いでくれたのは嬉しかった。しかし薄目を開いた宍倉は、こちらを見る師匠の眼差しに気づいた。でも遅い。

「す、すみません——ウァッ」

情けない声を張り上げながら、宍倉はたまらず射精していた。

その日以来、重なった二人の腰と腹を革の太いベルトで縛られた。

これでもう微動すらできない。しかし彫りの作業も佳境に入ると、灯子の身悶えや喘ぎも激しくなる。そんな彼女と繋がる宍倉は、若いこともあり、身動きしないまま射精をしていた。

一晩に、二回射精したこともある。してもベルトは外されず、やがて灯子との結合部から逆流し、下になっている宍倉の股ぐらをべっとり濡らしていく。

彫富はかまわず施術を続けた。

「アアッ、あなたぁ、もう苦しいの。ねぇ、せめて、キスさせて。ねぇ、お願いよ」

ある時、灯子がそう彫富に哀願した。

「あぁ、今だけだぞ」

少し考えた後、彫富は答えた。すると妻の灯子は若い宍倉の口中を舐め回し、唇を吸う。吸いながら、彼女は身を細かく痙攣させていた。アクメに達していたのだろう。

師匠の手前、そして肉体を拘束されてもいる宍倉は、応じることもできずに、ただ灯子の玩具のようになっていた。

目的はあくまで刺青の施術だが、青年の性欲は嬲られるままだ。

　刺青の完成まで時間がかかる。そんな夜が幾度となく繰り返されて、彫富の目論見どおり、挿入しての施術で、灯子の背中には、みごとな牡丹と和蘭獅子頭《オランダししがしら》の金魚が彫られた。その間、季節は数度、移り変わっていた――。


「ありゃ、究極のＳＭプレイだったな」

　語り終えても宍倉の眼差しは、遠くを見つめたままだった。腕の中に美砂子を抱いているというのに……。

　彼の面長の顔――目尻の皺はいつになく深く、少々乱れた銀色の前髪が目元に影を作っている。肌理の粗い、脂じみた肌。若くない男の、長く生きてきた顔。

　美砂子は、そんな男が好きだった。若くはなく、人生経験を積んだ思慮深い男。そういう男に庇護されることをずっと望んできた。結婚相手がいくらか年上なのも、そういう思いからだ。今は互いの存在に慣れきっているので、もう庇護されたいという感覚は薄らいで――いや消えている。

　美砂子は昔から、ずいぶんと歳が上の男に自然と性欲が湧いた。宍倉なぞは、顔だちなども好みであり、若い頃に知り合っていたなら、今よりもっと激しくのめり込んでいたに違いないと思う。

　けれど、多く生きてきた男は、それだけ自分と知り合う前の人生が長い。そこには彼と関わった未知の女たちがいる。それが何より嫌だった。

「忘れられないのね」

光の加減で陰影が濃くなった、宍倉の、目を遠くへ向ける顔を見上げながら、美砂子は思わず尋ねていた。

「……あぁ、そうだな」

彼はぼんやりと答える。

「その女性、灯子さん、今は？」

「うん……師匠が死んでから、実家のある川越《かわごえ》に帰って、そこで和食器の店をやっているとか」

「会いに行かないの？」

恐る恐る尋ねると、宍倉はいきなりフッと笑う。

「どうしてさ」

「……だって、好きなのでしょう」

宍倉の眉間や口元に苦笑の皺が生まれる。

「好きって……今はもうね。時間も経ったし、あんなことがあるとね——」

「今、話した、その灯子さんの背中に刺青を彫った時の——」

「あぁ、そう。もうあの体験で、何というか、彼女への思いというのか、個人的な思慕はすっかり燃やし尽くした感じでね。憑《つ》きものが落ちたというのかね」

「……そう」

「あぁ。彼女個人への思いはね。あんな体験をすると、彼女のことがすっかり解っちゃった気がして、その気も無くなる。もちろん本当には解っちゃいないんだけど……」

「………」

「けど、あの体験で――最後はなんたって、俺と騎乗位の彼女がばっちり根元まで深く繋がった状態で、どうしても互いに腰を振ってしまうからってさ、麻縄で縛られたんだ。合体したまま、二人の人間をひとつに縛ったのさ、あの師匠は。まったくひでぇもんだよ。弟子と女房をさ。やっぱり変態師匠だな」

宍倉は笑いながら、口の悪いことを言った。

「縄で？」

「そうさ。あぁ、そうそう――」

宍倉はいきなり立ち上がり、押し入れの中から数冊の雑誌を出してきた。

「見たことぐらいはあるだろう」

宍倉が差し出したのはＳＭ雑誌だ。全裸の女性が様々なポーズで麻縄で縛られている。

「えぇ。あるけれど……」

「ここにあるのは女が一人で縛られているけれど、俺たちはさ、これを挿入して繋がった状態でやられたんだから」

「挿入してても、まるで動けないわね」

「そうさ。それが目的だもの。まったく動けないさ。けど、人の本能って強いよ。縄で縛られても、そこが疼けば擦り合わせたくて、彼女も俺も、もぞもぞとさ、できるかぎり腰を揺すって……。最後は、動かなくても、射精しちゃったよ」

ニヤニヤとのろけるように思い出を語る宍倉に、美砂子は少々嫌な気がしたが、

「動かなくても、出てしまうの？」

と、さりげなく尋ねた。

「あぁ、出るさ。あれは、まさにお漏らしだったね。しかたがないとはいえ、あんな恥ずかしいこともなかったが……けどね」

宍倉は、そんな究極の体験で開眼したという。

「今じゃもう、タブーでもなんでもない。今さらSMも縛りもあったもんじゃないけど、ただ本気で縛られるとさ、変わるんだよ、世界がさ……。なぁ、やってみないか？」

宍倉は几帳面な男で、雑誌を取り出した押し入れの中は、プラスティックのボックスケースやら何やらできっちりと片付いていたが、そのどれもが縄と性具だった。

「えっ？」

「縛られてみないか？　いや、俺は美砂子を縛りたいんだよ」

「そんな趣味があったのね」

しかし宍倉は真剣に首を振る。

「趣味なんて、そんな軽いものじゃないさ。それに滅多にいない、そう思わせる女は。実は、時々、欲求を紛らわせるのと、縛る練習のためにプロの女性をホテルに呼んでさ、そこで縛るんだけど……正直、つまらないな」

「プロの女性とかじゃなくて、誰かをそうしたことあるの？　付き合っている女性を」

「あぁ、昔ね。もっと若い頃に、二、三人ばかり……。あの頃は俺も若かったよ。それからもう、だいぶ長いこと縛りなんてしていないけれど、今はあなたに興味が出てきたよ。縛ったらあなたはどんなになるか、見たくなった」

宍倉がじっと見つめてくる。その目には熱がこもっていた。美砂子はふわっと体が浮くような高揚感に包まれて、

「えぇ……いいわよ」

と、答えていた。本当のところ、自分は麻縄を使って縛られたいのか、はっきり解らない。ただ、宍倉の期待に応えたかった。この男は、女をそうするのが好きなのだ。その相手に自分は選ばれた――優越感に酔いしれながら、宍倉の期待に応えたい、彼の欲望のままに扱われ、彼を歓ばせてさらなる賞賛を得たいと願ってしまう。

「いいわ。私……してみたい」

愚者の戯れだよ、そんなのは——

美砂子の心の中で、誰かの声がした。くぐもって、よく聞き取れなかった。

第四章　愚者の戯れ

1　縛り

「こうされたこと、今までないのか？」

奥田老人に、スカーフで目隠しをされ、全裸で蒲団に横たわって、バイブレーターを延々と使われたことはあった。その時、軽く両手を縛られたかもしれないが、他の男性の時だったかもしれない。忘れてしまった。美砂子は彼らを本気で愛したわけではなかった。

「麻縄で、しっかりと……こんな本格的なのは、初めてよ」

鏡の前で、しだいに縄が掛けられていく自分を見ながら、美砂子は答えた。

宍倉は仕事場に置いてあったあの大きな鏡を、ここへ運んで来たのだ。

その前で、両手を体の後ろで重ね、縛《いまし》められていく。

麻縄は二本取り、美砂子の首を一周して、乳房の間を縦に下り、股に食い込むと、背中を上に向かう。途中、何カ所かで縄は左右に分かれ、脇腹やウエストの、美砂子の肉の中に埋もれていく。

肉づきの悪くない美砂子の体に、縄で不自然な段々が生まれた。

さらに胸元は、乳房の上下に縄をきつく回された。乳房が変形して膨らみ、盛り上がり、前方に向かって不自然なほど飛びだしている。

「こんなのは、初めてよ。少しぐらい、両手を縛るとかしても、あんなの……あんなのは、遊びだった」

「じゃあ、俺のこれは」

「え、これは……もう、本当に、縛られて、私……」

なんだか、しだいに消え入りたくなるような羞恥が湧いてきた。

「私、なんだい？」

「え、えぇ……その、な……なんだか、恥ずかしい」

後ろ手に両手を組み、立っているのだが、美砂子はしだいに言いようのない落ち着きのなさに襲われて、その場で軽く足踏みするように、足の裏は畳から上げないまま、きつくとじ合わせた太腿の内側を擦りつけるようにして、膝を交互に上げ下げしてしまう。

その様子を、宍倉が厳しい顔をして見つめて、

「縄に興味があったのか」

鋭く尋ねられた。

「いえ……そんな、解らない」

美砂子は口ごもる。本当は興味などなかった。宍倉が灯子という人妻と体験した強烈な感覚をいまだに特別な出来事として懐かしんでいることに嫉妬していた。

自分も、宍倉にとって特別な女になりたかったから、こうして縛られている。

しかし美砂子は、そんなことは絶対に口に出して言わなかった。

（いったい何のために、こんなこと――）

とは思ったが、しかし鏡を見て羞恥してしまう。

「なんだか縛られた体って……いやらしいわ」

ポッと頬が染まってきた。

美砂子の体に掛けられた縄は、しっかりと肉に食い込み、ずれもしない。

「フッ、それがいいんだろう。縛っただけで、感じだしているとは、やっぱりあんた、エロ事の感性がいいようだな」

宍倉は嬉しそうだ。美砂子は温かな安堵に包まれて、さらに腰までをよじっていく。

「私の体、いやらしくなって」

「いいじゃないか」

宍倉はしゃがれた声で笑う。

「いやらしくしたんだよ。俺の縄化粧でさ。さぁ、こっちに来るんだ、これからもっといやらしくなってもらうよ。いいか、縄で縛られている間は、この体は俺のものだからね」

浮わついた感じはない、少し怖いような顔つきと口調で、宍倉は美砂子の肩を掴むと、その場に跪かせた。

「あっ」

(私は、この男のもの――)

美砂子は目眩を感じながら、言われるままになっていく――後ろ手に縛られたまま、膝をついて、上体を前に倒していくと、尻が自然と突き上がった。

その尻と太腿の結合点に、ヌッとバイブレーターが当てられた。すでにスイッチが入っていて、美砂子の陰唇をクチャリと捲って、敏感な内側へと刺激を送る。

「ンナァァ!」

いきなり受けた強い刺激に、美砂子は仰け反り、声をあげた。

すると背後の宍倉が、無言のまま、美砂子の尻を打つ。ピシャリと湿った音が響いた。静かにしろという意味なのか、それともこれも愛撫のひとつなのかは解らない。

「ウッ」

美砂子は少々怖じ気づいて息を呑んだ。

すぐにバイブレーターが挿入される。その異物感が、『まさに今貫かれている』という実感を強くさせる。シリコン性だろうが、とても硬い。すぐに抜かれ、また挿入され――そしてまた、と、抜き差しが止まらなくなった。

「ヤァン、アンッ、アンッ、アアアア」

美砂子は余裕のない、必死の喘ぎ声を張り上げる。すでに昔と違い、潤いも乏しくなった女陰は、玩具に擦られてヒリつく。

「待って、待って、そんな――そこ、そんな、だめっ、イッチャう」

叫ぶと、バイブレーターは根元まで突き入れられ、もう二度と抜かれない。代わりにそのまゆっくり大きく回される。

「ンァアァッ」

上半身はガッチリと縛られている。両手が自由なら体の前に伸ばして、畳を掻きむしりたいところだ。しかし今は両膝で立ち、両手はしっかりと後ろで縛られている。せめてそれを強く握りしめるしかない。

「ウウウゥゥ」

とうとう堪えきれず、後ろ手に縛られ、膝立ちでいた体を前に倒していく。膝立ちはそのまで両肩を畳につけた。

「ウ、ウアァン」

それでもバイブレーターは陰部にある。美砂子は首を曲げて片頬を畳に押しつけた姿勢で、ひたすら呻くしかできない。しかめた顔に汗が玉になって浮かび、時おりそれが流れ落ちる。

それから延々とバイブレーターで膣壁をこねられ、そして突然引き抜かれた。

「アッ」

実はその頃、もうだいぶ女陰が練れてきていたせいで、美砂子は膝立ちで突き上げた尻を、せつなげに揺らしてしまった。

宍倉は背後でカチャカチャと音をたてて何やらやっていた。やがてミツバチの羽音そっくりの、胸騒ぎを覚える音が聞こえてきた。カチャカチャいう乾いた音も重なって聞こえる——と、

「ウアァアン」

突然、痺れるような鮮烈な刺激が陰部に広がり、美砂子は声を張り上げてしまった。驚きと同時に、

(なに、この気持ち良さは)

と、瞬時にその感触に体の芯が蕩《とろ》けた。

なのに、それほどの快感は一瞬だった。

「あぁ、あん——」

つい美砂子は尻を後ろに突き出してしまう。そして首をねじ曲げて、背後をチラと見た。

唸りながらブルブルと震動する卵形のローターが幾つも、コードをひとまとめにして宍倉の手にあった。

彼はいつの間にか上半身は裸になっている。圧倒的な刺青が、美砂子の視界に映り、美砂子は、

（あぁ、こんな男に私はやられている）

そう、うっとりと、満足な気分に酔いしれる。

総身に刺青のある、通常の世界から逸脱している男であることが、美砂子が官能を刺激され、宍倉に身を任せる最たる理由だ。彼によってもっともっと乱れ狂いたい——宍倉の手で壊されていきたかった。

「もう一度、これかい」

震動する幾つものローターが、また陰部に当てられる。カチャカチャとローター同士がぶつかって跳ね返ると、再び美砂子の陰部の、あらぬ箇所に当たったりする。それだけでなく、クリトリスには常に刺激が押しつけられていて、焼けるような刺激が未挿入の膣から腹の奥底に流れ込んでくる。

「ウ、ウァ、ファァァ……」

たまらず動けないなりに尻を振り、反応してしまう。やはり電気仕掛けの刺激は強烈だ。

「だめ、このままだとイッチャう。このままだとイッチャウゥゥンンン」

最後はヒィと悲鳴をあげながら、下半身が痙攣して止まらない。

（このまま中にもこれを。あと、もう少しだけ……奥に……欲しい）

膣の中は空洞のまま、イク寸前だ。美砂子は本能的に挿入を欲して、自ら誘い、ねだるように尻を突き上げていくも、アクメに襲われる。

「だめ、だめ。アァン、もうそれ駄目ぇ。それ強い。強い。ハァーッ、い、いっちゃうぅぅ……ウウッ」

最後は声におかしなビブラートがかかってしまう。

(欲しい。欲しい。中に挿入して)

貫かれる衝撃が欲しいあまり、膣の中がむず痒い。思いきり男性器を擦りつけて欲しい。あの息を呑むような感覚が欲しい——

「アアッ」

その時、美砂子の臀部に思いもよらない刺激が弾けた。

(な、なにこれ)

と、思うも言葉にならず、

「アアッ、アアッ」

と、臀部を刺激が襲うたびに、美砂子はそこを震わせて、反射的に声を張り上げた。

「な、なにこれ——アアッ、アッ——アアッ——アアッ」

宍倉の針だった。一瞬、身も裂けるのかという鮮烈な痛みが弾けるも、次の瞬間にはそれがじんわりと心地よい痺れに変わっている。が、その安堵もすぐに終わって、また痛みにも似た刺激に襲われていく――

「アアッ、アアアッ」

おまけに束にしたローターの刺激は、その間もずっと続いている。

美砂子の体はじんわりと熱を帯び、激しくしかめた顔に汗が流れていく。体中から甘酸っぱい匂いがしはじめていることに自分でも気づいた。

「ウウゥゥ」

突き上げた尻の震えは、もう痙攣といってもよかった。身悶えたくとも、後ろ手に縛られていて、縄が美砂子を拘束する。

（こんな屈辱的な姿で……本当に、犯されているみたいな……隷属させられているみたいな……）

辱めを受けていることに異様に興奮している。

「ウゥウゥウ……」

もはや美砂子は達した実感もないままアクメ状態にいた。意識は朦朧《もうろう》としている。ただここまで自分を導いた宍倉への甘えと安心が、理性の代わりに、温かくひたひたと自意識に染みこんできた。

心地よい……。

すっと、ローターと針の気配が消えた。快感の大波を被り、一山越えた実感がある。美砂子は、抱擁や口づけを宍倉がしてくるのではと期待して、胸を甘く疼かせた。

しかし、

「い、いやぁぁーっ」

新たに、鮮烈な刺激が臀部に弾け、

「な、何をして――」

何かの燃える匂いに美砂子はおびえた。

目の前の鏡に、チラチラと揺れる小さな炎が見えた。

「ウウアッ」

後ろ手に縛られ、両肩を畳につけて尻を突き上げた変形の四つん這いになっている美砂子の背後に立つ宍倉の持つ蝋燭《ろうそく》だった。仁王立ちの彼は蝋燭を傾け、美砂子の尻へと蝋を滴り落としていた。

「あああっ」

恐怖と驚きが、その刺激をさらに強烈にする。美砂子は絶え間なく声をあげた。

逆に宍倉は、ふと跪くと、もっと近い地点から蝋を落としてきた。

「い、いやぁ、焼けちゃう……怖い」

と言ったそばからぼとりと、ひときわ多量の滴りが落とされる。

「アアアッ」

濁った悲鳴をあげてしまう。

が、それが宍倉のトドメだったようで、彼はようやく蝋燭の炎を吹き消した。

締め切った和室に煙がゆっくりたなびいた。黒く焼けた芯から、溶けた蝋の匂いが広がり、消える。しかし美砂子は激烈な興奮の中にまだいて、頭の中が真っ白くなったまま、体を震わせることしかできなかった。

すると次の瞬間、パチンッと平手で肌を打つ音が響いた。

「ハァアン」

美砂子は文字どおり半泣きの状態で声を放った。次から次へと休みなく、初めて体験する強烈な刺激を見舞われて、美砂子の思考力は消えていく。

「そらっ……ホラッ」

今まで無言だった宍倉の声が、ようやく聞こえる。彼は美砂子の臀部を平手で打ち続けていた。

「やめて。もうやめて」

泣きながら哀願すると、

「駄目だ。蝋が落ちるまでこうするんだ――ほらっ」

「やぁん」

「ほらっ」

「ひゃん」

二人の声と肌を打つ音が交互に、短い間隔で部屋に響き渡る。

宍倉はひとしきり美砂子の尻を打ち、ようやくその手を休めるなり、両手でネッチリと撫で回しながら、

「こんないい色に染まって……」

と、満足げに唸る。その両手はねっとりと、美砂子の尻を味わうように這い回っている。

彼のその様子に疲労した美砂子も満足を感じていく。

「ほら、立ってごらん」

美砂子は立たせられ、鏡に背を向ける自分を見るよう促された。

そこには蝋燭の熱と平手打ちで真っ赤になった臀部が映っている。

「…………」

うつむいた美砂子の目に、足元に散る蝋の破片が映る。鱗みたいだ。

「いいねぇ、普段は真面目で、しっかりした奥様が、こんなことを。美砂子、あなた、縄も蝋燭もけっこういけるね。どうだ、悪くないだろう。ほら、ほら――よし、今度は、こうして」

浮かれて興奮する宍倉は、傍らに敷いていた蒲団を三つ折りに畳むと、それを高い背もたれにして、畳の上に後ろ手のまま座るよう美砂子を促す。

「今度は膝を折って、大きく開いて」

言われるままになると、宍倉は左右それぞれの太腿と脹《ふく》ら脛《はぎ》を、膝を折った状態で縛ってしまう。美砂子はこれで両脚共に前に伸ばせなくなった。

両手は変わらず後ろ手のまま。蒲団の山にもたれてMの字に大股開きを強制されて、陰部を無惨なまでにさらけ出している状態。股関節から大きく開いているために、大陰唇もパックリ割れて、秘部の内側が露出している。

もう若くもない女陰を隅々まで見られるのは辛い。本物の羞恥に悩まされる。部屋の障子越しの仄明るさなのが、せめてもの救いだ。

「見ないで、もう――見ないで」

宍倉は、大陰唇をぴらりと指先でさらに広げると、もう片方の人指し指の先で、クリトリスをゆっくり丸めるようにして転がし嬲る。

「う、ぅあぁん――アンッ」

次にゆっくりと、蝸牛《かたつむり》が這うようにゆっくりと、宍倉の指先は女陰をなぞり、またゆっくりとクリトリスに戻って来て、それを丸めるように転がす。

「……ハアァア、も、もうぅ……ン……あぁっ！　も、もう……ウゥウン」

美砂子の両膝から太腿が細かく震えてくる。宍倉の指の動きに合わせて、ニチャーっと粘った音もする。腹の奥が熱い。

「あぁぁ、もう――ねぇ」

後ろ手のまま、蒲団の山に背中を預けて、美砂子は疼きを解消するように畳から尻を浮かせ、揺らしてしまう。

「どうして欲しい」

と、宍倉。

「ほ、欲しい……中に。入れて」

美砂子は半泣きで訴える。焦らされて、欲求は抑えようもない。終始感じている羞恥心も忘れて、あられもなく挿入を求めてしまうまで追いつめられている。自分をこんなにまでしてしまう宍倉に、「欲しい」と甘えると、陰部からとろりと興奮の愛液が流れてしまう。

（あっ……見られてる）

宍倉は美砂子の前にしゃがみ込み、相変わらず指をゆっくり動かしながら、自ら弄くる女陰を身を屈めて見つめている。

「し……宍倉さ、ん……お願い。欲しいの」

すると宍倉は口元に微かな笑みを浮かべつつ、立ち上がって押し入れに行き、箱を引っ張り出すと、中からガチャガチャと何やら選び出した。

「あっ」

それはゴムでできた男根だった。バイブレーターのように電動のものでない。ディルドゥ――色は魚肉ソーセージを包んでいる赤いセロハンのようなくすんだ強い赤。なかなか長く、立派な一物で、雁首の括れた筋や表皮の皺のようなものがリアルに表現されている代物だ。

「どうだ、なかなか大きいだろう。いやぁ、なに、あなたなら飲み込めるよ」

大股開きの美砂子に、宍倉はいきなりそれを挿入してくる。

「ウァッ」

下腹部への異物感に、美砂子は思わず声をあげながら顎を突き上げるように仰け反り、同時に後ろ手のまま大きく身を反らして背中を蒲団の中に埋もれさせられる。

(このまま……イカされるのね……)

美砂子は蒲団に身を任せたまま、次に来るであろう抜き差しの刺激に身構える。

しかし、

「立ち上がるんだ」

宍倉は、美砂子の脚から縄を解くと、後ろ手に縛る縄はそのままで、立ち上がらせる。

「こっちへ来るんだ――股から落とすなよ。入れたまま歩いて、来るんだ」

「そんな待って」

言われて美砂子は慌てて太腿を寄せ合わせる。両手が後ろにあるので、バランスが取りにくい。おまけにディルドゥが挿入されたまま歩くのだから、どうしても上半身を前に折った状態で、そろそろとでなければ歩けない。

宍倉はすたすたと先を行く。

「まっ、待ってください。お、落ちちゃう！」

腹を前に折って一歩、一歩、ゆっくり進まないとするりと抜けてしまう——いや、それでも挿入したままは無理だった。

ボトッと、美砂子の脚の間から落ちたディルドゥが、畳の上に転がった。

「駄目じゃないか」

厳しい宍倉の声。

「ごめんなさい」

とっさに美砂子は応えていた。

宍倉はそれを取り上げ、被せていたコンドームを取り替える。

部屋の奥には、背もたれのない椅子がある。座面は長方形。宍倉はそこに、亀頭が天井を向くように、ディルドゥを置いた。

「これを跨ぐんだ」

「えっ……」

「自分で腰を動かしてイッてごらん。俺のを使うのはその後だ。美砂子がスケベではしたない姿を見せてくれたら、俺のものを入れてあげるさ。いいか、激しくやって、乱れる姿を見せてくれ。俺を誘うように。俺が姦りたくてたまらなくなるほど淫らに」

「そ、そんなぁ——アアアッ」

宍倉の見ている前で、美砂子は椅子を跨ぐと、天に向かってそそり立つそれに向かって腰を落としていく。グワリと膣を広げられて、そのまま膝を屈伸させていく。

椅子の傍らに片膝をついて構える宍倉がしっかりと、ディルドゥが動かないようその根元を掴んでいた。そうしつつ彼は美砂子の女陰とそれとが擦れ合う様子を間近でじっと見ているのだ。

後ろ手に縛られたまま、美砂子はがに股になって必死に腰を上下に揺すっていく。しだいに抽送の快感が湧いてきて、途中、どうにもならずに深く挿入したままで動きを止めて、「アアッ」と激しく泣いた。空気椅子のように膝を折ったまま腰を一定の位置に留めておくために、下半身に激しい負荷がかかったが、女陰の刺激がそれを上回っていた。

ようやく宍倉が、立ち上がってズボンを脱ぎだした。トランクス一枚になった彼の下腹部は、若々しくテントを張っている。彼はトランクスをゆっくり脱ぐと、全裸になった。

刺青を背負った体に、七十代の雰囲気はない。筋肉が落ちたのであろう雰囲気は所々に感じるものの、彼の肉体にはまだまだ力と精力がみなぎっていた。

何より仁王立ちの下腹部では、先端が腹を擦りそうなほどに一物が勃起している。

「ああぁぁぁん」

美砂子はそれを見て、せつない声を漏らしてしまう。早く宍倉のそれと繋がりたい。そんな気持ちでいっぱいだ。

「これが欲しいんだな」

宍倉は大股で近づいてくると、いきなり美砂子を対面で抱えあげ、先ほどの折り畳んだ蒲団の山に運ぶ。ディルドゥがヌルッと滑り落ちるも、二人とも気にしない。

美砂子は後ろ手のまま、再び仰向けで蒲団にもたれかかる。手首の縄が、いいかげんに苦しく、痺れるものの、自由を奪われている実感に美砂子は陶酔していた。観念して全てを預け、ただ受け入れるしかない立場が、心地よい――

美砂子は、宍倉のすることの全てを、歓喜をもって受け入れようとしていた。彼女自身が決めたことはそれだけ。ただ宍倉から責め苛まれるのをよしとして、受け入れる。彼の好きなようにされていくだけだ。

宍倉は、美砂子の膝を掴んで、先ほどのように大股開きにさせ、腰を入れてきた。美砂子の体はいささか傾いで、蒲団に埋もれた。

「ああっ。いいっ」

ディルドゥとは明らかに違う、血肉の躍動感に満ちた一物が、膣を大きく広げて侵入してきた。

「ハァ……ウウッ」

体の下に敷く両手が痺れて苦しいが、それさえもこの男に与えられた刺激と思うとせつない。

美砂子は顔を泣き顔にして喘ぐ。

一方、宍倉は数回腰を揺らすと、ほどほどの深さに挿入をしたまま、動きを止めた。そして美砂子の脇腹の括れを左右から挟み持ったまま、

「いいなぁ、美砂子さんよ、あなたのここ。なぁ、まったりと温かくてさ」

宍倉は美砂子を見下ろしながら、改まって言う。そして少しだけ腰を動かす。一物で中の感触を確かめるように。

「あぁ……宍倉さん……アゥゥア、ワゥ」

美砂子は眉間に皺を刻んだ泣き顔で彼を見上げる。

「いい顔だよ。あなたみたいな、大人のさ、成熟しきった女が、そうやって、子供みたいにあからさまな泣き顔になると、もう、たまらないんだよ。そそられるんだ」

と、宍倉はゆっくり動きだした。幅の狭い緩やかなピストンだ。そうしながら、

「ほうら、感じているだろう。勝手に、中が動きだしている。波打ってるよ。いいんだろう。えぇ？」

妙に熱っぽい、囁くような宍倉の声。優しげな口調で、美砂子の官能を刺激する。

とろりと、甘えるような気持ちが美砂子の心に芽生える。

「アァッ……そう、いいの。いいわ」

宍倉への情愛が、キュウッと膨らみ、せつないような甘えの心が満ちてくるのに合わせて、美砂子の陰部から愛液がチュルチュル溢れるのを感じる。そしてそこは、疼く。

「いいか。いいのか。えぇ？」

宍倉は一定のリズムを崩さずに、腰を前後させ続けている。一物は中程まで入り、そして出て行くのを繰り返している。熱と粘液で、そこはヌタ場のようになっているようだ。

「いいっ。すごく感じる」

今にも宍倉が猪突猛進に腰を突き込んでくるのではないかという予兆に震えながら、美砂子は彼を見上げてせつなく訴えた。後ろ手に縛られた手の、痺れる苦痛さえ消えるほど、悩ましい気分と快感が高まっている。

「いいねぇ。あなた、縄が似合うよ。適度に肉がついていて、縛られた乳房の形が本当に悩ましい。あぁ、本当にいい体だ」

宍倉は呻くように口走りながら、両手で美砂子の肩や胸元、そして乳房や腹をゆっくりと撫で回す。汗ばんだ掌が、ゆっくりと、そこいら中で半円を描く。

（あぁ、もっと胸を……乳房を、いじって。私の傷のある、手術をした乳房。少し変形をして、今でも傷跡がはっきりある……その乳房を。オッパイを、あえて弄って欲しい）

しかし宍倉の手は、その手術痕を無視して動く。

無視されると、美砂子は寂しくなった。

「あぁぁ、いい体だ」

さらにねっとりと、宍倉は撫でる手にひときわ力を込める。

「ンァァ」

美砂子はたまらず泣き顔になってしまう。刺激に突き立つふたつの乳首を同時に捻られて、たまらず大声を張り上げると、

「泣くほどいいのか。じゃあ、これは」

と、いきなり宍倉は、腰を荒く動かした。陰茎に吸着した美砂子の肉が擦られ、逞しい亀頭に奥を突かれる。

後ろ手に縛られた体が、蒲団に埋もれたままで、小刻みに激しく揺れる。

「ンアッ――アアッ」

もう必死に堪えていた堰《せき》が切れた美砂子は、思いきり泣いた。目を細め、唇を歪めて開く。抑えようのない声が、そこから立て続けに溢れる。

「アアアッ、もう駄目、アアッ」

そして奥を絶え間なく突かれ、美砂子は大きく仰け反った。顎先が天井を向き、頭頂部が蒲団の中に埋もれる。そうしながら、

「イクイク、イクゥ」

と、連呼していた。顔はぐしゃりと歪み、汗なのか、涙なのかが下瞼から逆流してくる。苦しいほどの刺激だが、嬉しかった。最奥を綻ばせるよう突かれている。今までにない刺激。最後、美砂子は、「オォオッ」と、濁った、野太い声を放っていた。こんな声を出すのは初めてだった。

「ウッ、ウムムッ——アアッ」

宍倉も余裕を失った様子で喘ぎつつ、中に放ってくる。——その途中で美砂子を抱きしめてきた。そうしてまだ腰を震わせ放っていた。

縄で絞り出た美砂子の乳房は、宍倉の胸で潰された。


明るい陽の差し込む浴室。懐かしい化粧タイルの床と壁——宍倉は風呂を沸かしてくれた。午過ぎ、一緒に湯船に浸かっている。

「最高だな」

湯の中に座る宍倉の膝に、美砂子は尻を載せて放心していた。

彼は後ろから、美砂子の肩にすくった湯をかけてきて、ふと我にかえるものの、一瞬、今が何時なのかも解らなくなるような危うい感覚に陥った。

「……なんだか、全てを忘れてしまいそう」

「いいじゃないか、今だけでも全てを忘れてしまえよ」

宍倉が背後から耳元に口を寄せて囁いてきた。

「……えぇ」

と、応えて目を閉じると、宍倉がまた静かに湯をかけてきた。

(あぁ、これと同じひとときを、前にも経験したわ……)

美砂子は自然と記憶をたぐり寄せる。

「結婚前に、公園で知り合ったお爺さんの家に行って、逢い引きしていたって言ったでしょう。始める前、必ずお寿司とお茶をいただいて、終わると必ず熱いお風呂に入れられて……それを思い出したわ。こうしていたら」

と、つい話しだしたが、過去にあった男との逢瀬の話など今持ち出して、宍倉は気を悪くしないだろうかと、途中で気がかりになる。

「ははぁ、今の俺も、その爺さんと変わらない年齢だ」

宍倉は面白がるような調子で返してくれる。

「でも、あなたは元気だわ」

「そうかい？　これがかい？」

窮屈な浴槽の中で腰を振り、宍倉は一物を美砂子の尻に押し当ててくる。湯の浮力に、それは浮かんでいるようでもあり、勃起しているようでもある。

「しかし、その爺さんだって元気だよ。勃たないとはいえ、若い綺麗な女をもてなして、午後の半日、その体を好きにできるのは、楽しかっただろうな」

奥田宅でいつものように過ごしていた時、隣の部屋の固定電話が鳴ったことがある。応対に出た奥田は、

「あぁ、あんたか。あぁ――いや、忙しいんだ。もう、そんな時間は作れなくなった。それと

も、小遣いに困ったかい？」

などと言っていた。

他にも女性がいるんだなと、美砂子はぼんやり思った。

聞くともなく聞いていると、電話の女性は人妻らしい。時にお小遣いを無心するらしいが、高額ではないのだろう、奥田も数万ほど渡してやっているらしい。女性はそれと割り切って体を与えているのかもしれない。

色々な人生があるものだと、まだ若かった美砂子は思った。

そんな遊びをする奥田だが、美砂子に対しては、どこか特別扱いをしているらしいことは、美砂子自身も感じ取れた。老人にとって自分が高嶺《たかね》の花であることは、少なからず自尊心をくすぐられもした。

あの頃の美砂子は、常にそうして誰かに満たして欲しくてたまらなかった。婚約していたにもかかわらず、もっと色んな男性から、愛されるに足る女だと言って欲しくてたまらなかった。

奥田老人とは二ヶ月弱続いたが、数回の逢瀬で別れた男たちが、他にもいた。全員結婚前のことだ。お互い遊びだった。何度か肌を重ね、いつしか連絡を取り合わなくなってしまう。その頃には、同じような他の男が現れて、前の男のことさえ思い出さなくなっている。皆、すぐに名前も顔も忘れてしまう。結婚前の一時期、そんな相手が何人かいた。ひとときでいいから満たして欲しい。そんな抑えられない衝動相手でしかない。

今の、この宍倉との逢瀬は何だろうか？　そう自分に問いかけて、美砂子はそれ以上何も考えたくなくなり、

「あぁ、いいお湯……いい時間ね」

と、しみじみと呟きながら、背後に身を預けた。すぐに宍倉の両手が乳房をまさぐってきた。

窓の外で、何かの鳥が鳴いている。

2　熱と疼き

その日、美砂子はやはり宍倉の寝室にいて、同じく後ろ手に縛られ、乳房の上下と腹にも縄が掛けられていた。

(あぁ、今日もまた、手が……最後には感覚が麻痺して、ちぎれんばかりになりながらも……)

縛られるのは三回目。今日、ここへ来て、すぐにこの寝室に通された。敷き布団だけが敷かれていた。座卓が隅に追いやられ、卓上にはすでに色々な道具が並んでいた。

「さぁ、脱いでごらんよ」

と言われ、静かに、しかし内心はいそいそと服を脱いでいった。男の前で喜び勇んで裸になろうとする自分に、美砂子は羞恥した。

宍倉は膝丈の白い肌着――ズボン下と、上も白のTシャツといういでたちになった。

この部屋は、隣室と襖で仕切られていた。その襖を開けば、隣の六畳間とひと続きの大部屋となる。昔ながらの日本家屋の造りだ。その部屋をふたつに仕切る襖の上には欄間がある。天井の下、鴨居の上に一枚の板に精巧な彫刻を施してある欄間。彫刻は松と鶴がモチーフで、透かし彫りなので、所々に板が抜けていた。

宍倉はその空間を利用して縄を掛け、美砂子の両手を後ろ手に縛る縄とを結びつける。そうして美砂子は欄間の下に、後ろ手で立たされた状態になる。

さらに今日はウエストにも縄が回し掛けられた。その縄も欄間の空間から吊されている。美砂子は立っているしかできない。おまけに吊す縄の長さを調節されて、股間を前にせり出す恰好となっていた。

「今日はこれもつかってみようか」

細い竹が、座卓の下に転がされてあった。園芸の支柱に使うものよりは太く、美砂子の身長よりは短い。

「なぁに、裏から切り出してきたんだ」

宍倉は笑うと、それを美砂子の足元に置き、片方の足首と竹の一箇所を括りつける。次にはもう片足首を、やはり竹に括りつけた。足は肩幅ほどに開かされた。美砂子はそのまま、それ以上も以下も、足を動かせなくなる。

宍倉はそうした状態で立ち続ける女体の、まずは乳首を左右同時に捻り上げ、前に引っ張る。

「い、いた……痛い」

美砂子は思わず眉間に皺を刻み、訴えた。

「いやぁ、まだまだ」

宍倉はひとしきり乳首を捻り、引っ張って遊んでいたが、ふいに座卓に行き、その上から蝋燭を持ってきた。火をつけて、ゆっくりとした足取りで、やってくる。

「……えっ……そ、そんな」

白い蝋燭のてっぺんの涙の滴のような炎。美砂子は胸がドキドキと高鳴る。宍倉を見る目が、自然と哀願するようなものになってしまう。

「美砂子なら……美砂子の体なら、これが病みつきになってしまうよ」

宍倉は美砂子の背後に回ると、空いている手を回してきて、片方の乳房を——手術していない方の乳房を下から押し上げるようにして掴み、むっくり盛り上がったそこに、蝋燭を傾ける。

「あああっ……あああっ、あ、あああっ」

もう美砂子は何かを喋ることもできない。涎のように、蝋はしとどに垂れてきて、乳首を白く固めていく。膨らんだ乳房にも、精液の色そっくりな蝋が飛び散り、散ったそばからたちまち固まっていく。

「こ、怖い」

ようやく発した言葉がそれだった。しかしその時にはもう美砂子は、恐怖の他に得体の知れない妖しい気分を感じていた。

「うぅう、あぁぁ、あぁん、アンッ！」

たらたらと滴ってくる刺激に身構え、全身を力ませ微動だにできずにいた美砂子の体が、しだいに細かく震えだす。そして胸元を、むしろもっと蝋を求めるように突き上げていた。

宍倉に飼い慣らされていくという実感に酔う。

「ふふっ、やっぱり気に入ると思ったよ」

少し意地悪な調子で、宍倉が耳元で囁くと、そのまま美砂子の耳朶をジュルリと口に含み、すぐに蝋の落とし場所を変えてしまう。

「こうだ」

宍倉は火のついた蝋燭を咥えながら、欄間に通した縄を幾本か調節した。と思うと、いきなり背を押されて、美砂子は後ろ手のまま前屈みになる。腹を結わえた縄と、足が竹に括りつけられているせいで、体は倒れぬまま、思いきり尻を後ろに突き出して身を前に屈める姿勢となり、そのまま固定される。

「アアアッ」

突き出した臀部に、熱い滴りが飛び散り、美砂子は悲鳴をあげた。とっさに腰を引こうとするが、縄のせいで、それは不可能だ。縛められている——身動きする自由さえ奪われている状況に、美砂子はなぜか心が安堵する。全てを宍倉に委ねるしかない諦めに、心が慰められるのだ。

その状態で与えられるのは、甘美な苦痛――快楽と変わらぬ苦痛だ。二度目となる蝋の刺激は、すぐにそんな心地良いものに変わっていた。

それでも、

「アアッ」

と、熱さと衝撃にたまらず臀部を震わせる。苦悶の声が漏れ、顔をしかめてしまう。その瞬間は、苦痛でしかない。だからそんな反応をするが、それが瞬く間に身を揉む快感に変わり、理性を蕩かしてゆく。特に臀部は脂肪が厚い部位だからか、乳房や乳首に比べると苦痛が少なく、快楽を感じやすいようだ。

しかし美砂子がよがるばかりになると、宍倉は蝋を落とす場所を変えてしまう。

今度も縄を調節して、今とは反対の体勢――後ろ手のまま背を反らし、股間を突き出す、一番最初と同じようでいながら、両脚は常に肩幅のまま竹に固定されて動かせないために、もっときつい姿勢となった。

「えぇ、まさかっ！」

思わず口走ると、宍倉は楽しそうに、

「まさかって、どこに落とされると思っているの？」

と、いくらか短くなった蝋燭を手に、ニヤリと口元を歪ませ聞いてくる。

「えっ……」

股間を突き出したまま、美砂子は口ごもったが、期待と戦慄に恥丘の恥毛がそそけだちそうだった。

「……ま、待って」

「どうした？」

「こ、怖いわ」

「なぜ？　何をされると思ってるんだ？」

宍倉は笑うと、空いている手を美砂子の陰部に伸ばして来て、割れ目をクワリと指で広げる。

「い、いやぁ。そんなところ。怖いっ」

美砂子はとっさに激しく抵抗したが、身動きがとれない。

宍倉はすぐにそこへ蝋を垂らしてきた。

「ヒィイーッ」

敏感な部位への強烈な刺激に、さすがに美砂子は悲鳴をあげて、白目を剥いた。飛び出すクリトリスに、大陰唇の裏側に、そしてクチャリとした小陰唇にも、熱の滴りが落ちてくる。固まる蝋の破片が、愛液に流されて、ワレメ全体がボソボソとした異物感にまみれる。そんなところへまた、ボトリと蝋が滴り落ちる。

「ひゃ、いや――アアアアッ」

ガクンガクンと後ろ手に縛られた体を大きく揺らした。美砂子は頭の中が白くなっていく。熱と疼き。痛いほどの熱さは一瞬で痺れるほどの疼きに変わるが、その時にはもう次の滴りの熱を陰部に受けている。

陰部が、しだいに厚く蝋を被ってくる。その内側で、敏感な粘膜が疼きやまない。

「うああっ、だ、だめ――もぅ、ああっ」

熱が痛い。その痛みが、ジンと心地よい。

「ンンッ、あぅっ」

蝋を落とされるつど、下腹部の中に刺激がジンと流れ込んでくる。未挿入の膣がまるで交接しているように蠢きだして止まらない。

「ハァハァ……ああっ！　ゥ……ウーッハッ、ハァハァ……」

美砂子は全身汗だらけになり、目を閉じたまま、自分から腰を揺すり、まるで男と交わっている最中のように、股間を波打たせていく。開いたままの口からは、絶えず吐息と喘ぎ声が漏れた。

「あぁ、イ、イキそう……ねっ、イキそ――イ、イクゥ、ああっ、イクゥ」

竹に括りつけられた両足がグーッと爪先立っていき、後ろ手の上半身は思いきり反っていった。

「ウアァッ」

やがて突き出す股間の痙攣が止まらなくなる。荒縄が激しく擦れて欄間が軋みだす。

「……ハァア」

美砂子はもう声もあげられずに、ただ大きく股間を前に数回突き上げた後、ガクリと脱力してしまった。

「フフッ」

と、宍倉が満足そうに笑っている。卑猥な笑い声だ。彼は美砂子の前にしゃがみ込むと、吐息混じりに喘ぐような粘っこい声を出して、

「どうだ。よかったろう。ええ？　感じて……感じて、もう、ここが……溶けそうなんだろう」

そして彼の顔の前にある割れ目をバックリ開き、そこを舐めてくる。大陰唇を開いただけで、蝋がパリパリと剥がれて落ちる。そうしてまだ熱と痺れの引かない敏感な箇所に、宍倉の舌がねっとりと這わされていく。

「ファアァウ」

目を閉じたまま、美砂子は全身を総毛立たせ、声を膨らませる。

宍倉はしばらくクチュクチュとそこを舐めていたが――

「次はこれを喰らうんだよ」

彼の言葉に、えっと美砂子は目を開いた。いきなり鮮烈な刺激が股間に走る。一回、二回

……それはしだいに速くなり、猛烈なスピードになった。

「アアッ！」

美砂子は悲鳴をあげた。宍倉は、美砂子を縛るのに使わなかった真新しい麻紐の束を打ちつけてくる。美砂子は陰部を叩かれていた。

「アアッ、ヒィ、ヤァ」

目を閉じて、もう言葉もない。

宍倉は背後に回ってくると、今度は臀部を打ってきた。

「ほら、一回、二回、三回——数えてみな。ほら、四、五。次から数えるんだ」

「ヒィ」

「ほら、ちゃんと数えろ」

美砂子がそうするまで止まらないという勢いで、麻縄で打たれる。

「い、一」

諦めて数を口にした。すぐに宍倉の麻縄が飛んできた。

「二ぃ」

美砂子の足元に、先ほど臀部に落とされた蝋が、鱗のようにハラハラ散っていく。

「次は七だ。言え」

「え……えぇ、そんな」

「ほら」

ひときわ強く麻縄の束が打ち当てられた。

「な、七ぁ」

「次は？」

「は、八アアッ――」

「さぁて、何回までやってやろうか」

「ええ、そんなもう、もうやめて」

「嘘言えよ。感じだしているだろうに――数えて」

美砂子はつい、

「九」

と声を張り上げた。続けてすぐさま打たれて「十」と声をあげてしまい、なんだかせつなく甘い疼きを覚えた。

「あぁ、もう――十一――アアアッ、十二ぃっ――」

しだいに涙声になって、美砂子は喘ぐ合間、打たれれば、それを数え続ける。

「なんで、こんなことを」

「お仕置きだよ」

「なぜ」

「美砂子が、それを求めているからだよ」

「イヤ、違う、そんな——アアッ、二十ぅ」

しかし打たれるほどに何かが剥けていくようだった。剥けて、誰にも見せたことのない何かがあらわになっている——

「二十五ぉ……アイイ、ォォォオ」

二十を超えたあたりで、喘ぎ声も濁った咆哮《ほうこう》のような声に変わっていた。

「三十ぅぅぅっ……」

そうして縄打ちは終わった。

美砂子は現《うつつ》と朧の間をさまよいながら、激しく息を継いで欄間からぶら下がっていた。

気がつけば、足首の縛めはなくなり、欄間から吊す縄も消えている。

ただ両手は後ろ手のまま、美砂子は他の自由を取り戻している。ぐらぐらと今にも倒れそうなのを、宍倉が抱きとめている。

「見てごらん」

あの鏡に、美砂子の後ろ姿が映っていた。

「あぁ、やだ」

鏡に向かって捻った首を、すぐに戻してしまう。恥ずかしい。ぼってりと肉厚でいながら、程よく締まった美砂子自身の下半身の、ひときわ面積の広い臀部は真っ赤になっていた。

宍倉は多くを語らず、下穿きとシャツを脱ぐと、向かい合って立つ美砂子の腰を両脇から抱えたまま、仰向けになっていく。一緒に密着したままこっちへ来るよう美砂子を誘いながら。

誘われて美砂子は彼に跨がる。宍倉が一物に手を添えて、挿入が果たされた。

「オオォ」

冷静に縄打ちを続けていたように見えた宍倉が、挿入の刺激に喘いでいるので、美砂子は胸が疼く。冷静に嬲っていても、彼もまた激しく欲情していたことが嬉しい。

「アンッ、アンッ、アンッ」

後ろ手のまま、美砂子は激しく尻を前後に弾ませていく。幾度も達したのにまだ果たしていなかった挿入。ようやく陰茎を迎え入れて、膣内が粟立つようだった。美砂子は我を忘れて腰を振る。カクカクと、それは前後に止まらぬゼンマイ仕掛けのような動きだ。

「アアァ、アアァ――も、もう」

すぐに声をあげ、続けて達してしまう。

「ああっ、もうだめ」

宍倉の胸にガクリと突っ伏すものの、

「俺はまだだぞ」

彼は美砂子の臀部を撫でてきた。

美砂子のそこは、いまだに蝋燭の熱と麻縄に打たれた余韻が残っている。触れられれば、あの刺激が蘇って肌が粟立ってくる。が、やがて宍倉の指先は、美砂子が予想もしていなかった箇所へ伸びてきた。

「えっ」

思わず宍倉の胸元から身を起こそうとしたが、背中を押さえつけられる。

彼の指は、美砂子の臀部の割れ間に潜り込み、菊肛を探り当てていた。

「えっ」

そこから動かない。それどころか、きつく絞り閉じられた穴を押し広げるように、指の腹を押し当て、強引にねじ込んでこようとする。

「いやぁ」

甘い気持ちも一瞬で冷め、美砂子は尻を振った。

「恥ずかしがることないさ」

宍倉は美砂子を抱えたまま起き上がる。後ろ手に縛られた美砂子と、対面座位の体勢となって、彼はさらに肛門を弄くってくる。

「いやぁ」

「いやじゃないさ。挿入してみようや」

「いや。いやよ。絶対だめ」

今度ばかりは宍倉のおためごかしもきかない。美砂子は激しいおびえに捕まり、嫌々をした。

しかし美砂子が怖がるつど、膣の中で宍倉の一物がひくつく。

「入れてみたいよ、美砂子のここにさ」

「無理無理。駄目よ。入るわけないわ――ウッ」

ふいに腰の抜けていくような感覚があった。

「ほら、指先が潜り込んだ。ほら――大丈夫だから。ほら――ほらほら」

対面座位で繋がりつつ、片手を下げて美砂子の尻の割れ目で巧みに動かし、宍倉の指がさらにめり込む。

「いやぁ、いやぁ、いやぁぁっ」

美砂子は我を忘れて叫ぶ。激しい拒絶感が生まれていた。何かを感じるよりも先に、未知の感覚へのおびえが大きく頭をもたげる。

「いや、痛い、痛い、痛い」

と訴え続ける。下手をすると裂けてしまうような危うさを感じる。

「力を抜いて。大丈夫だ」

「いやいや、いや、痛い。痛い。怖い」

本当に痛いというわけではない。が、きつく閉じられた器官を強引に逆方向へねじ曲げられることへの肉体の拒絶感が、そんな言葉になっていた。

「そんなこと言って、一度覚えると、こっちじゃないと済まなくなるぐらいいいそうだ」

「えっ、えっ……なんで、そんなことを知ってるの……」

「皆、そう言うんだよ」

過去の女たちを思い出したのか、宍倉は強く腰を揺らす。指は美砂子の肛門に少し入ったまま
まだ。

「ほら。普通にオマンコするだけじゃ、つまらないだろう」

宍倉は差し入れた指を、回すように動かす。

「ああっ、だめぇーっ」

美砂子は悲鳴をあげた。きつく絞り閉じていたところを強引に開かれている——その違和感
だけでいたたまれない。本当にここで感じることができるのだろうかと疑問に思う——ふと、

「嘘よ。そんなの嘘よ。そこが感じるなんて、嘘よ」

宍倉の過去の女たちの存在を否定するように、美砂子は口走る。

すると宍倉はらしくもなく、むきになった。

「嘘なものか。どんな女もここをやられるとヒィヒィ泣いて喜ぶぞ」

「ひどい、そんなことをしてきたのね。ひどいわ」

まるでアナル未経験の自分が、宍倉には未熟な半人前のように見えているのだろうという思
い込みが美砂子の胸に込み上げ、自分がひどく惨めに思えてきた。

「なにがひどいんだ。いいんだよ。美砂子にも、その良さを知って欲しいんだよ」

菊肛に指を入れたまま、宍倉はますます腰を揺する。「アァ」と、美砂子も後ろ手のまま喘ぐが、胸の中はせつなさと惨めさに満ち満ちている。自分の知るよしもない宍倉の過去の女たちを急に意識して、なぜか急に惨めになる。

いったいそれはどんな女たちなのか——激しい敵対心も湧いてくる。それが裏返り、恐怖にも似た気持ちとなる。

自分が、取るに足らない女であるかもしれないという恐怖。

その感情を炙《あぶ》り出す宍倉に、怒りを覚える。美砂子は「アァ」と喘ぐものの、官能的な心地良さは消え、文字どおり縄で縛られた惨めな奴隷でしかない自分を認識する。

自分が相手にとって唯一無二の存在であるなら、縄で縛られていようとも、蝋を垂らされ、打たれようとも、全ては快感になっていく。

宍倉の胸に眠る過去の女たちの中の、自分はただの一人にすぎないと知った時点で、それらの行為は全てが屈辱的な残虐行為にすぎなくなった。繋がったとしても、身悶えることに抵抗を覚えなくもない、抜き差しの快楽は半減し、単なる摩擦となっていく。

「なぁ、美砂子。あなたの全身を預けてごらん。初めてなんだよ、あなたみたいな人がさ」

「えっ?」

が、その時美砂子は、体を仰向けに倒される。脚を大きく広げて宍倉と繋がった状態で、彼を見上げる。後ろ手に縛った両手が腰にあるので、敷布に背中がぺたりとはつかない。腰を中心として浮いている。

アナルの指は抜けていた。

「初めてなんだよ。美砂子。あなたみたいな女はさ」

宍倉は再び言った。

「え……えぇっ？」

「俺がこんな男だから、怖がられてさ、付き合おうなんて女は皆、蓮《はす》っ葉《ぱ》ばかりだ。あなたみたいな品のいい奥様なんて初めてでね。今でも、本当にいいんだろうかって、戸惑うよ」

「……そ、そんな」

宍倉の言葉は、美砂子の今さっきまでの、惨めで冷たい心をほぐしていく。

「初めてだな、あなたみたいな人。品があってさ——」

と、宍倉は腰を一突きし、

「感じのいい奥様で——」

と、この間、二突き、三突き腰を入れてくるものの、宍倉は急に動きを止め、またもや片手で美砂子の尻の割れ目を弄くりだした。

「その奥様が、俺みたいな男に抱かれてくれて、よがってくれて、ここしばらくは夢みたいでね」

「……そ、そんな」

美砂子は下唇を噛むと、首をすくめ、顔を肩先に埋めるようなしぐさをした。本当なら片手を口に当て、噛みたかった。

自分を過去の女たちと区別して特別と言う宍倉の言葉に、美砂子の心はほぐれ、自惚れだとは心のどこかで解っていても、優越感がひたひたと満ちてくる。この心地良さを与えてくれる宍倉への好意が少なからず蘇り、官能も自然と戻ってくる。

「そんなあなたをさ、俺が好きにして、今まで知らなかったような歓びを教えたいんだ」

宍倉の指が、再び肛門にねじ込まれる。今度は深い。陰茎に塞がれた膣のすぐ下に、もうひとつの刺激が弾けている。

「ッ……ウ……ウゥン」

美砂子は声が漏れてしまう。宍倉は指を動かすが腰を動かさない。

「お、お願い。宍倉さん、ねぇ、突いてぇ」

たまらず美砂子は哀願した。

「だから、いいだろう？　ここを」

媚肛を押し広げる指が、急に派手な動きをする。

「ンアッ」

美砂子は腰ごと体が背後に引っ張られるような、不思議な感覚に襲われる。下半身が自分のものでなくなるような心細さ。

「い、いや、何これ」

快感一歩手前の妙な感覚だ。異端の快感。今はただ、挿入されている陰茎で膣を刺激してほしい。

「ああぁっ、お願いだから。ねぇっ」

美砂子はなぜか切羽詰まった衝動に襲われていた。アナルへの刺激は落ち着きを奪う。知らずのうちに、腰が動き、自ら宍倉の一物を抜き差しして快楽を貪っていた。そのようにして、通常の交わりを実感することで、心が落ち着いていく。

「あぁ、そうだ。自分から動くんだ、アァ、いやらしいよ。そうだよ。女がそうして自分からする姿ってたまらないよ。あぁぁ、美砂子。そうだよ」

宍倉も美砂子と変わらず悩乱し、しかし動くのを堪えている。代わりに美砂子の尻の穴に潜らせた指を激しく動かす。その感触に、美砂子は羞恥も忘れ、後ろ手に縛られた両手を体の下に敷いたまま、大股開きで腰を前後に揺すり続けた。

その浮かせた股間が、しだいに速く動いてしまう。

「オオッ」

宍倉は野太く呻くと、誘われるまま、とうとう律動を始めた。

その時にはもう美砂子は腹の奥から波が来ていた。

「ああっ、そこもっと。お尻、もっと」

そう告げながら達していく。宍倉の律動の激しさに、美砂子の官能は根っこから呑み込まれている。

彼は後を追いかけるように美砂子の中に放ってきた。その時、美砂子はまだ絶頂の中にあって、下腹部や尻を震わせていた。深く長い絶頂だった。尻の穴の異物感が、これまで知らなかった昂ぶりを与えてくれているのは確かだ。

3　溺れかけて

「アアッ、こ、怖いっ……」

いつものように、宍倉の家。昼下がり。季節は初冬を迎えている。部屋には灯油の匂いが微かにして、ファンヒーターがつけられている。

このところ、週に二回か三回の逢瀬が、お決まりになっている。共に勤め人ではない気楽さからか、逢瀬の数が増えてしまう。つい美砂子の方から、「行ってもいい？」と、連絡をしてしまっていた。

宍倉はいつも笑って迎え入れてくれる。

「俺の虜《とりこ》になったか？　それとも、こっちが疼くのかい？」

と、玄関先で早くも抱きしめられて、服の上から恥丘を揉み込まれる。

「そうよ……体が火照って、もう……昨夜も――」

「オナニーしたのかい？」

「イヤね。眠れなかったのよ」

「フフッ。ゴザむしりっていってさ、女が一番オマンコの良さを解るのは五十代っていうんだよ」

股にやっていた手を美砂子の胸に移し、今度はそこを揉みながらキスを始めると、やがて首筋へと口を這わせてきた宍倉。

「もうこんな歳になってて？」

でも、それは本当かもしれない、と、美砂子はゾクゾクとしながら、彼の背に回した手に力を込め、指先をクッとめり込ませていく。

「いいじゃないか。今日も奥様の旺盛な性欲を謹んで鎮めてみようか。ええ、あなたみたいな人妻の体を好きにできるなんて、光栄だよ」

ふざけてはいるが、宍倉がこちらを敬ってくれるのが、いつも美砂子に歓びと安心感を与える。

確かに彼は、その生き方からしてなんの変哲もない主婦などとは、これまで関わりもなかったかもしれない。そんな彼が、美砂子に魅力を感じているだろうことは伝わってくる。そうした彼からの愛情を実感すれば、美砂子の心には余裕が——優越感が生まれる。彼から辱めを受けることへの抵抗は弱まり、アブノーマルな行為への純粋な好奇心と、得られるであろう屈折した興奮や快感への期待に、美砂子の心は高鳴ってしまう。

「あなただから……あなたにされているから、いいの。他の人に、あんなことされたくないの。あなたに苛《いじ》められているから、感じるのよ」

美砂子は自ら宍倉に口づけながら、繰り返し訴える。

「あなただから――私はマゾじゃないわ。ただ、あなたが好きなだけよ」

私を大切に思ってくれると、私もその男がどんどん好きになり、望むことを受け入れたくなってしまう。受け入れることで、男に喜んで欲しい。そしてもっと自分を好きになって欲しいのだ。

「だけど、これは俺の指じゃないぞ」

今日の美砂子は座卓にうつ伏せにさせられて、両手はバンザイするように前に伸ばしている。その左右の手首には縄が巻き付き、その端は座卓のそれぞれの脚に縛られている。だから今回も、両手の自由はない。

足首も同様に、座卓の他の脚と縄で繋がれている。大の字で突っ伏した状態にさせられているのだ。もちろん服も下着も全て脱がされていた。

先ほど玄関で立ったまま唇を交わし、囁き合い、その時に美砂子は着て来た服を一枚ずつ脱がされていた。

車で来ているので薄着だった。もちろんコートも着ていない。

体に貼りつくほどタイトなカーディガンを素直に脱がされたが、その下のキャミソールの裾を持ち上げられた時は、

「ここでは、ねぇ、待って」

と、甘えつつも軽く抵抗を示した。しかし宍倉は強引で、すぐにブラジャーにまで手を伸ばしてきた。淡いモカ色の、程よくレースがついたブラジャーだった。カップはC。Bでもよいが、Cの方が楽だった。乳房を切っているので、幾分大きいものを身につけていた。

結局それも、宍倉の手で外された。

「ほら、こうして、来るなりやられていくのは、興奮するだろう」

農協のチラシやら、気の早い町の電器屋が持って来た、今はまだ筒状に丸められた来年のカレンダーなどが転がる上がり框《かまち》に、美砂子の衣服が散らばっていく。

宍倉の方こそ昂ぶっている様子だ。上半身裸の美砂子を、玄関の下駄箱横の壁に押しつけ、今度はスカートを脱がせると、タイツとショーツを片脚だけ脱がして、彼自身はその場にしゃがみ込み、美砂子の陰部に口をつけてくる。

「ウァアン」

一昨日、散々愛撫を受けたばかりだというのに、彼の唇そして舌先が触れるなり、美砂子の腰に甘い衝撃が突き上げてきて、とっさに膝からガクッと崩れそうになる。

けれど宍倉の両手が、美砂子の尻を下から捧げ持っていた。クチュクチュという音がいっそ

う大きく響き渡る。

「ウッ、アアアゥ……ンッ、アゥゥゥッ――ンンァ……アアアッ、そこぉ」

なんとか堪えていたが、宍倉の絶妙な舌づかいでクリトリスをこねられて、とうとう美砂子は喘いでしまう。

そのうち宍倉は、美砂子の片足を靴箱の上に乗せて、いっそうそこを広げると、存分に舐め楽しむ。

「ウァ、アッ……」

片足で爪先立ち、壁にもたれて何度か達してしまった。その後、その場で全裸にさせられると、宍倉に手を引かれていつもの部屋に来たのだった。

蒲団は敷かれていなくて、いつもの座卓が部屋の中央に置かれていた。卓上には何も置かれていない。

「この上に、うつ伏せになってごらん」

すでに陰部は愛液と唾液でヌチャヌチャと濡れている。今さっきの玄関先での数回の絶頂は、宍倉との逢瀬が深まっている今の美砂子には序章でしかない。この部屋で今度はいよいよ快感に砕け散らんというわけだ。

美砂子は、言われるまま、うつ伏せになる。

座卓の表面は冷たく、汗ばむ肌がピタリと貼りつく。押し潰された乳房が苦しい。特にメスを入れた箇所は、圧迫を受けると引き攣れるような鈍い痛みが起きた。

美砂子がそれらを堪えてじっとしていると、宍倉が両手首、足首とを座卓の脚に括りつけたのだ。そして下腹部の下に枕を入れる。美砂子の尻が高くなった。両足は座卓の幅に開いている。宍倉は背後から美砂子の尻を割り、あらわになった肛門を存分に弄くりだした。

「あっ、いやぁ」

「イヤじゃないだろう。一昨日は散々喜んでいたのに」

ワセリンをたっぷり塗って、すでに宍倉の人指し指一本は軽く飲み込めるようになった美砂子の媚肛だった。

「抜き差しされて、何度イッた？」

「し、知りません」

「最後は白目を剥いていたぞ」

「そんな、嘘よ——アァ」

今日もまた油ぎった指が潜り込んできて、美砂子の腰から力が抜ける。下半身がなくなったみたいな感覚の中、弾けるような刺激が尻の奥に生まれている。

「フ、ファッ——」

などと甘え声を漏らしていたものの、僅かでも指を動かされると、尻が割れるのではないかというほどの刺激が弾ける。

「アアアーッ、う、う、うわっ」

痛くはない。が、あまりに強烈な感覚で、美砂子は声を張り上げ、次には悶絶してしまう。見開かれた目は虚空を凝視し、半開きの唇はわななき震えている。全身は汗に濡れ光り、尻は強ばって力むあまり、両脇は大きく窪んでいた。

「うむ、いい体をしてる」

その石のように硬くなった尻を、丸く撫で回す宍倉は、いきなり指を抜き差しする。

「アアアーッ、う、う、うわっ。アアアアアアッ!」

美砂子は、たまらず声を張り上げた。

「お、お尻、割れちゃうぅぅ、ウウウッ」

可能な限り頭を上げ、仰け反り、口走る。身動きがとれないまま、美砂子は全身を強ばらせたままになる。体が弛緩できない。

「アアッ」

そして常に肛門の中が熱くてむず痒い。美砂子はいつしか朦朧となって、弾ける感覚にただ反応して声をあげていた。

「ふふっ、指を食いちぎらんばかりに、すごい力で……」

ふっと宍倉の指が抜けた。

「あん!」

肛門はまだ開いたままのようだ。なんだかムズムズする。

「どうした？　欲しいのか？」

「……は、はい」

あれだけおののいていたのに、いざ抜かれてしまうと、猛烈に挿入して欲しくなる――そういった色々な思いが美砂子にとり憑いて、もう何も考えられないでいた。

「あんなに嫌々していたのにな。ハハッ」

宍倉は軽く笑うが、声はねっとりと湿っている。

再び臀部の割れ間を指先で広げられる。期待と緊張から、美砂子は息を呑む。次の瞬間、そこにヌッと異物を感じた。

「えぇっ?!」

「今日はこれを挿れてみようや」

「え、えぇ？」

「大丈夫。充分に飲み込めるさ」

「な、何、それは？」

美砂子はおびえて顔を無理やり背後へと向けた。

「アナル用のディルドゥだよ」

それにコンドームを被せ、ワセリンをたっぷり塗りたくると、宍倉はその先を肛門に押し当て、細かく上下に動かしながら挿入してきた。

「いや、いや、いや……やだ——アッ！」

「力を抜くんだろう」

言われて美砂子は、逃れられない。ならいちばん抵抗のないようにと、言われるままに力を抜く。

最初はキツイものの、ある箇所を過ぎると一気にめり込んできた。まさか挿入できるのかという疑いを一気に晴らして、ディルドゥは直腸いっぱいに埋もれていく。美砂子はもう身動きもとれずに、されるがままでいるしかできない。

「アアアッ」

みっちりと窮屈な通路に埋もれたそれが、宍倉の手によって細かく前後に動かされる。

「アウゥ、ウムッ」

美砂子は顔を座卓から浮かせると激しくしかめ、縛められた両足の爪先を反らせ、同じく縛られた両手を握りしめる。

そうして熟れた肉体をメリメリと強ばらせて堪える。

「……どうだ」

宍倉が熱っぽい声で問いかけてくる。

「どうだ……いいか？」

しかし美砂子はあまりの衝撃に、満足に答えられない。

「ウンンンッ、アッ、ウァァァッ」

歯を食いしばり、全身を力ませて堪えるしかできない。が、そうなるとアナルのディルドゥを自然と押し出してしまう。宍倉が、

「出てくるぞ」

と、笑いながら、そうはさせまいとそれを押し戻してきた。

「ヤアアッ」

と、美砂子は更なる衝撃に尻をカチカチに強ばらせる。

「そんなにすごい声を出して、よほどいいのか？」

からかい気味の宍倉の声が遠い。

「ち、ちがう。怖い。もう怖い——お腹がバラバラになりそう」

「ハハッ。いいじゃないか。それが快感だろう。ほら。力を抜くと、もっと良くなる」

ディルドゥを細かく動かしながら、同時に宍倉は美砂子の臀部を撫で回す。その柔らかな感触と直腸を擦られる刺激の板挟みで、美砂子はさらに悩乱していく。

「ウッ、アッ——だ、だめっ」

ひときわ強烈な感覚に身を大きく反った。首筋や鎖骨のあたりから汗が流れ落ちて、座卓の上にたまっていった。

宍倉の動かし方がリズミカルに速くなってきた。

「ウワァ、もう駄目。もう駄目――アアアッ」

美砂子は座卓の上で、うつ伏せの状態から背筋を使って思いきり上半身を反らせ、そのまま全身を硬直させる。口から漏れるのは、泣き声といってもいい声だ。

「駄目、駄目――イクゥゥゥ」

自分の汗でベタベタに濡れる卓上に、べたりと身を伏せると、もう解らなくなった。湿った髪が、熱を帯びる顔にふわりと落ちかかり、美砂子は目を閉じる。


気がついた時には、宍倉が手足の縄を解いていた。

「……わ、私」

失神らしき状態にいたのは、一分にも満たない間だったらしい。

その間に宍倉はズボンと下穿きを脱いでいた。

驚いたことに、美砂子のアナルには、まだディルドゥが入っていた。

下半身裸になった宍倉は、ぐったりする美砂子の手足を解くと、卓上で体を反転させて仰向けにして繋がってきた。

「ウゥン、ンォ」

咽《むせ》ぶような野太い声が、挿入の衝撃と共に美砂子の口から漏れた。アナルに入ったままのデイルドゥは、仰向けで尻を下にした今、体の重みも加わり、ひときわ直腸に押し当たる。その刺激と、挿入の快感が重なり、最初から美砂子は悩乱した。

「うむっ。すごいなぁ……オォォッ、擦れてるよぉ。解る、解る」

宍倉は座卓の前に片膝立ちして、リズミカルに腰を前後させている。その陰茎にも、薄皮一枚隔てた直腸を占領するディルドゥが擦れているらしく、彼の声もしだいに刺激を堪えるように苦しげになる。

美砂子はそれ以上に、時間の経過と共に、下腹部の刺激に耐えきれなくなる。喘ぎ、悶えるだけでは足りず、下腹部から太腿が痙攣を始めた。腰は自ら上下に速く細かく動き続けている。こんなことは初めてだった。

「いいっ、ウァッ、アッ……いいっ、いいっ」

うわごとのように繰り返し、自ら積極的に腰を動かす美砂子。まさに理性を失い、交尾に没入する、それしか考えられない状態に陥っている。

「いいか、いいのか」

宍倉もさすがに煽られ欲情しているらしく、感極まった声を絞り、盛んに動いていた。

彼の、そんな状態が、美砂子には嬉しく、快感も手伝い、あらぬことを口走ってしまう。

「壊れる。壊れちゃう。そこもう……ウァァアッ――突いて、もっと、突いて。壊してしまって。私のそこ、壊してぇぇぇっ」

「アアッ、美砂子っ」

その宍倉の口調が、本気だった。彼の様子に美砂子はえも言えぬいい気分になった——自分を欲しがり、こうして肉体の隅々まで味わい尽くしてくれる。

「好きよ。好き。アァァッ——もうおかしくなるぅ」

「アァッ、こっちもだ。美砂子のオマンコがよすぎて、止められん」

と、さらに腰を前後させながら、美砂子の下腹部に手を置き、グゥーッと押してきた。

「アアアアアッ」

美砂子は目を見開いて、声を張り上げると、次にはもう息を呑んで悶絶する。体中の毛穴が開き、生温かい汗が皮膚の下から押し出されるように膨らみ出た。

陰茎の擦れがよりいっそう強くなった。そして直腸に埋まるディルドゥの存在……。

「ウムムッ」

下腹部を押したまま、宍倉はいっそう激しく抜き差ししている。美砂子は快感を通り越して、下腹部の感覚が麻痺しだしていた。

「……っ、い、いいっ。あああいいいっ」

座卓の上に乗せた尻の下に、温かな広がりを感じたが、自分の意思ではどうにもならない。まさかと思ったが、放尿していた。いや、放つという勢いはなく、どうしようもなく体が勝手に陰部からそれを垂れ流してしまっているという状態だった。

「嘘、嘘よ。いやぁぁぁっ」

顔に血が昇る。こうしている間も宍倉の抜き差しは止まず、美砂子はすぐそこまで迫る絶頂感と、この歳でお漏らしをしたというショックと羞恥に我を忘れて乱れてしまう。

「おぅおぅ、こんなに派手に。マダムが、まるで赤ちゃんだな。初めてか？」

美砂子は必死で幾度も頷く。

「は、恥ずかしい」

「そんな様子がいいんだよ」

と、宍倉は愛でるような笑いをこめて囁くと、

「ほら、もっと出せよ。お漏らししてごらん。美砂子のお漏らしにまみれてイキたいんだよ、俺は——ほらっ」

宍倉の熱っぽい囁きに、美砂子は感じ入った。もう言葉もなく「アンアン」と喘いでいると、それがいつしか羞恥と歓びの泣き声となっていく。そうして泣きながら、自由になった両手で宍倉の、刺青で埋められた背や肩を抱きしめ撫で回す。

「イッてる……もう、イッてるの。イキ続けてるのぉ——キスして」

全身が細かく震えている。もうどうしようもなくて、美砂子は口づけを求めた。強すぎる刺激に苛まれて、すがりつくようにねだっていた。強烈な感覚に肉体が翻弄されていると、心の中の抑圧や規制が緩んでいき、膨らむ快感を持て余して痴女めいた振る舞いをしてしまう。そ

んな自分に、美砂子自身、さらに興奮を高めていく。完全に悩乱していた。思考も消えかけていく。今はそれがよかった。余計なことは考えずに、行為に没頭していたい。いや、考えないために、こうして行為にのめり込んでいくのか……。

宍倉はようやく美砂子の下腹部から手を放し、身を乗せてくると、美砂子の唇を、舌を、ネッチリ舐め回してきた。

「ウウウゥ、ンムッ」

美砂子は付け根から舌を引かれ、唇をもがれるように吸われて呻く。宍倉の吸い方は激しかった。彼も射精直前らしい。

彼は口づけながら、美砂子の肩や髪をまさぐってきた。

「胸も、弄くって。切った方の胸――」

美砂子はそちら側の肩をうねらせ、思わず催促する。宍倉は傷跡の残る乳房を握った。握られて、傷跡の周囲がズンと痛んだ。『私は生きている』と、美砂子は強く感じ、その実感を与えてくれる宍倉を愛しく思った。

「好き……壊して、もう壊してぇ」

傷ついた部分を弄られて、こんなにも興奮し、快感を覚えてしまうとは予想もしなかった。宍倉への愛情が、一気に高まっていく。

「ウムッ、ンッ」

美砂子がひとしきり口走ると、宍倉は再び唇を塞いでくる。全ての動作が荒々しい。

彼の熱情に、美砂子は満たされていく。

「いいか、出すぞ」

「く、ください。このまま、な、かに――」

「ウウッ――ア、ウムムッ」

腹部の奥に、宍倉の一物が爆《は》ぜた。美砂子はクワッと白目を剥きかけて、わなないてしまった。


「こんなになったの初めてよ」

宍倉の一物が、中で急速に小さくなっていくのを感じながら、美砂子は囁く。

「……そうか」

宍倉は美砂子を見下ろしながら額の生え際を撫でる。

美砂子は囁いた。

「ねぇ、もう一度だけ、キスして。していたいの」

美砂子は唇を塞がれた。舌を絡ませながら、男に身も心も凌駕《りょうが》されていくのを感じる。

そして、どうしても考えてしまう。

(これが愛っていうの？　私、この人を愛しているの？)

そのあたりは考えるとモヤリと解らなくなってしまう。その心の霧を晴らしたくて、美砂子は宍倉と再びの口づけを濃密にしていく。

「さぁ、シャワーを浴びておいで」

やがて宍倉に促されるまま、彼の家の浴室に行った。

「使い方は解るだろう」

「えぇ」

家屋は古いが浴室は比較的新しいものに改築されている。浴室は脱衣所とガラス戸一枚で仕切られている。脱衣所の前は廊下。その廊下を挟んで向かいは台所だった。

台所もまた昔ながらの磨り硝子のはまった引き戸で区切られていた。シャワーを浴びて部屋に戻る時、その引き戸が少し開いているのが気になって、つい覗いてしまう。

台所もシステムキッチンに改修されていた。

甘しょっぱい匂いには、仄かに魚の生臭さが混じっているので、きっと甘露煮《かんろに》かなにかのものだろう。胡麻油《ごまあぶら》の香りも漂っている。

あんなにも交わってもうかがい知れぬ男の、これは日常の一部分だと痛感すると、美砂子は言いようのない気持ちに駆られる。怖いような、そして孤独であるような感情が入り乱れる。

この台所の様子は、彼との埋まらぬ距離であり、美砂子にとっては未知の空白地帯。たった今さっきまで、あれほど悩乱した自分をさらした宍倉との間に、そんなものが存在していることは耐え難く、不安さえ覚える。

部屋に戻ると、宍倉はまめまめしく座卓を拭き、畳にも雑巾を掛けていた。

「すみません」

「なぁに、かまわないさ。自分の家なのだし、あなたはお客なのだから」

宍倉の、意外な人の良さが滲み出ているが、美砂子はさらに寂しくなった。

その寂しさの正体は、台所を見て痛感した彼との距離。二人の間に横たわり、美砂子が入り込めない彼の日常の生活空間。激しく交わり、満たされるほど、性を離れても宍倉と融合したい欲が美砂子には湧いてくる。

が、はじめからそれは満たされることはないと解っていて、なお、自然な欲求として湧いてきて、結果、美砂子の心を絶望させる。できることは、それをただ心の奥に押し込めることだけだ。

「そうだ、今度あそこへ行こうか」

美砂子がぼんやりしていると、宍倉が雑巾がけの手を止め、ふと言った。

「あそこ？　どこ？」

「あそこだよ」

宍倉はにっと笑う。

4　露天風呂

「人なんて来ないさ。行楽シーズンだっていないんだから、寒くなった今はもう、貸し切り状態じゃないか」

宍倉に言われて、出会いの場である、あの山の露天風呂に、美砂子は来ていた。前回の逢瀬から、中一日だけ置いての今日。風呂へ直接行ってくれと言うので、自宅から真っ直ぐここへ来た。

宍倉は先に来ていて、すでに湯に浸かっていた。駐車場に車がなかったので、今日も彼はここまで歩いて来たのだろう。

「おぉ、来たか」

脱衣所で服を脱ぎ、あの磨り硝子のはまった戸を開くと、湯煙の向こうから宍倉の声が飛んできた。

「……えぇ」

美砂子はそっと湯に片足ずつ入れ、身を沈めながら短く答える。

尽きることなく湯面から巻き上がる白い煙が、宍倉の青黒い刺青を隠してはあらわにし、また隠してと、動き続けている。こうして見ると、宍倉ではなく、刺青そのものが生きているような気がした。花も架空の獣もメデューサも、湯煙の流れの濃淡の中で蠢いている。宍倉の肉体に一生閉じ込められ、運命を共にするのだ。

「良い湯だ」

美砂子がじっと無言でいたからか、宍倉は間を埋めるように、そう明るく言った。

「……えぇ……そうね」

美砂子はまたもや短く答える。素っ気ないのが解っていたから、無理に微笑む。出会いの頃より外気温が下がり、湯煙が盛んに上がっている。

「どうしていきなり、ここへ来ようと言ったの？」

口調がどうしても問い詰めるようなものになってしまう。

「どうしてって、たまには場所を変えて、気分も変えてみたくなってね」

湯の中で、宍倉の腕が伸びてきた。しゃがんでいた美砂子は抱き寄せられ、湯をしぶかせながら、湯の中でよろけて、彼の膝に尻を乗せてしまう。

「青姦なんて、したことある？」

「ないわ」

「いいねぇ、幾つになっても初体験があるのはさ」

と、乳房に宍倉の手が回って来て、揉まれていくと美砂子は反射的に股が開いてしまう。揉まれているのは、手術をしていない方の乳房だった。乳首を抓《つね》られて、美砂子は、

「ここでする気？」

つい冷たい口調で問いかけてしまった。

求めているのは、こんな付き合いではなかった。先日、彼の家の台所を覗いた時に美砂子が感じた孤独や不安のような思いを、この男は抱いていないのだろうか？

きっと抱いていないのだろう。美砂子はそれを認めるのが苦痛だった。が、童貞を捨てることばかり考えている十代の少年みたいに、「露天風呂で青姦」などと子供みたいにはしゃいでいる男を見れば、彼がこの関係に対して浅い望みや楽しみしか持っていないと、認めざるを得ない。

美砂子が人妻だから、はじめから深い付き合いは望めないと、宍倉も割り切っているのかもしれない。しかし、あれほどまで深い、アブノーマルな行為で交歓したのであれば、今よりはもう少し精神的な信頼や繋がりが欲しくならないのだろうか。美砂子は欲しくなっていた。自分が人妻であり、不倫関係であっても、互いの実生活に、もう少しだけ踏み込ませ、また踏み込んで来て欲しいと、宍倉に対して密かに願っていた。

それをしない宍倉の態度は、打算的だ。美砂子は彼との間にズレを感じて苛立った。さらに美砂子の胸にわだかまるこれらの思いに、まるで気づかない彼に段々と寒々としたものを感じてくる。

「どうした、嫌か？」

美砂子が押し黙ったままでいると、さすがに気になったのか、宍倉が顔を覗き込んできた。

「え？」

「だって……誰かいたら……」

「誰がいるというんだい？　こんな山の中にさ」

「でも落ち着かないわ」

「そんなに嫌なら、うちにするか？」

「これから？」

「あぁ、ここで少し温まって、あなたの車でうちに戻ってさ」

「でも……せっかく来たのだから」

宍倉の言葉に、またもや、チラリと覗いた彼の家の台所の光景が蘇る。男の一人暮らしにしては片付いた、しかし生活感のある台所。シンクの前には美砂子にも馴染みのある調味料や食器用洗剤などが並んでいて、しかし、美砂子はそこへ立ち入ることは許されない空間――。

口を開くと機嫌の悪さがあらわになりそうで、黙って湯に浸かる。

「じゃあ、しばらくはおとなしく湯に浸かって、体を休めるか。求めてばかりじゃや、あなたも疲れるだろう。体がもたなくては困るからね」

さすがに宍倉も何かを察したように、そう当たり障りなく言った。機嫌の悪い女には深入りしないよう、用心しているようでもある。

「アァ……寒い時期の露天は最高だな」

そんな風に独りごちる態度も、どことなくわざとらしい。しかし美砂子が何も応えないでいると、やがて彼も静かになった。

しばし静寂に包まれる。寒くなると、自然の音も絶えるようだ。虫はもちろん、鳥も鳴かない。今日は風も吹かないので、木々もそよがない。葉を落とした枝葉は、骨のように寒々と山肌を覆っている。

ふいに、何かの音がした。

くぐもる音声。携帯電話の呼び出し音だった。

「んっ？　なんだ、こんな時に」

宍倉はウンザリした様子で湯から上がると、磨り硝子のはまった戸を開けて、脱衣所に戻った。

（誰からなのだろう……）

美砂子は、ふと嫌な気持ちが湧いてくる。思えば宍倉の――これほど親密な男の、現在の日常がどんなものなのか、本当のところはまるで知らないのだ。

脱衣所から話し声が聞こえてくる。ガラス戸を閉めているのに、宍倉の声は大きい。

「――アァ、なんだ、それで？　――ハァ、アァッ。だからマユミはさ――」

相手は女かとドキリとしたが、宍倉の口調はぞんざいで、距離感がなさ過ぎる。

「娘がね――」

ぼやくような口調で言いながら、後ろ手にガラス戸を閉めて宍倉が戻ってくる。

「いや、なに娘のやつが四十手前で二人目ができたって――」

「まぁ、おめでたで」

「こんな父親を持っているのに、娘は国立大学を出て、図書館司書なんかをやっていてさ、あれって公務員なのか？　旦那は商社マンで――大学出のエリートなんだよ。カナダに三年ほど赴任して、アァ、娘も一緒について行って、孫はあっちで産まれたんだ。あぁ、俺の子にしてはなかなかなんだよ」

美砂子は無理やり笑顔を作ると、相づちを打つ。あぁ、この男にも、こんな俗な面があったのかと、裏切られた気持ちになっていく。

「こんな父親って――」

「やくざな父親っていうことさ」

「やくざではないでしょう」

「やくざだろう、体にこんなものしょってるんだからさ」

美砂子がむきになると、宍倉は吐き捨てるように言った。

（あれ、この人って、意外と劣等感が強いのかしら。だから、そんなに成功している親族が自慢なの？）

ふと、つまらない男に思え、急にこの男の受け入れがたい部分が次々に見えてしまい、宍倉への熱が急速に冷えていく。

ふいに宍倉が動く――

「えっ？」

「いいだろう。ここでしてみようじゃないか」

湯の中から半身を出した状態で抱きしめられた。宍倉の胸板に乳房を潰される。

「…………」

美砂子は無言でいた。何も言わないでいると、唇を塞がれて、激しい口づけをされる。湯の中で、体中を撫で回され、最後に尻の割れ間を指先で存分に探られた。

「どうだ、ここ、慣れたか……」

肛門を、指の腹で揉みほぐされる。今にも侵入してきそうで、こない。灰色の初冬の世界の中で、その一点の疼きだけが躍動している。

「し、知らない……」

「もう、好きになったろう、ここが」

「ええ、そうね」

抜かれた後の、まだ広がったままのアナルの縁がぢりぢりむず痒いような、あの痺れるような感覚を思い出して、美砂子はぼんやり応える。

「フフッ。してみようか。湯にほぐれて、挿れやすいはずだ」

「ンァッ」

ムズッと潜り込んだ指先の感触に、美砂子は思わず声を漏らすも、されるがままだった。

「大丈夫。もう指は、スムーズに入るから」

「アァン」

それが指一本であれ、後ろの穴に僅かでも挿入されると、もう身動きはとれず、強烈な快感に悶えるばかりで、串刺しになったように動けない。こうなったなら、心に湧き上がる諸々の思いには目をつむり、今はただこの男の与えてくれる快楽に溺れてしまおうと、美砂子は覚悟した。しかし惨めさが胸に募る。それを無視して、美砂子はいつも以上に乱れてしまえと自分に言いきかせた。

ザバリと音をたてて、宍倉が立ち上がった。

「しゃぶって」

湯の甘い匂いの漂う一物を、顔の前に突きつけられた。八分ほどの勃起だ。美砂子がそれを咥えるなり、彼は腰を揺らす。

それはたちまち美砂子の口から溢れんばかりに太くなる。

「いいようだな」

と、宍倉は美砂子を立たせると、露天風呂の縁の、重なるような大きな岩に向かって両手をつかせ、彼自身はその背後に立った。

肌から白い湯気が盛んに上がっている。二人とも膝から下は湯に浸かっている。外気の寒さに美砂子の乳首がキューンと縮む。

今まで口の中にあった亀頭は、美砂子の尻を割ってきて、菊肛にヌッと押し当たる。

「また……また、狂っちゃう」

宍倉との逢瀬で、初めて倦怠感を感じながら、それでも口調だけは甘えて美砂子は囁いた。

「あぁ、いいさ。いくらでも狂うんだ」

括れた脇腹からムッと張り出る臀部を、左右からガッチリ掴まれる。

(ア、始まる)

クッと、肛門が内側に向かって押し広げられて、美砂子は岩を掴み、

「ンァアーッ」

と、声を張り上げていった。

第五章　自虐交尾

1　抑えきれずに

「寄って行くだろう」

宍倉の家の前で車を停めると、助手席の彼は、当たり前のことのようにそう言った。

「いえ……帰るわ」

「どうした？」

ドアを開き、片足を外に出していた彼は、驚いたように顔を運転席に向けてきた。

「ちょっと……風邪を引いたみたい。寒気がするの」

嘘ではなかった。が、美砂子は大袈裟に言った。

「それはよくないな」

「さっき、露天風呂で、冷えたみたい――しばらく、休むわ」

「あぁ……解った」

と、少しの間何かを考えていたが、

「じゃあ」

宍倉はさっさと車を降りてしまった。美砂子の体調不良を心配する様子は、そんな彼から感じられない。少しは気遣い、労ってもらえると期待してしまっていたのだが。

(結局、それだけのことだったのよね。彼は……ただ楽しんでいただけなのね)

帰路、人も車もまばらな田舎道、ハンドルを握る美砂子はしだいに怒りが湧いてくる。宍倉が、思うほどは自分へ気持ちを傾けていなかった事実を確信して、絶望していたといったら大袈裟だろうか。

(私には、真剣に気持ちを傾けた瞬間がたくさんあったのに……)

そっと唇を噛むと、胸の中で、宍倉への思いが急速に冷めていくのが解る。同時に、今まで何をしていいのだろう自分は、と、そんな白けた気持ちに襲われていった。何かとても汚いことをしてきたように感じられる。

(そうよ。汚れかけていたわ、私は……)

人妻の身で不倫をしたり、縛られたりというアブノーマルな交わりをしたことが汚いのではなかった。体調を崩して弱っているのに、なんの気遣いも見せない男と関係を持っていることが汚く感じられた。

そうはいっても、しかし宍倉の気持ちは理解できないでもない。人妻相手に、慎重に距離を取るのは当然のこと。いくら夫は東京で、こっちには来ないと言っても、色々と警戒をしているのだろう。それが証拠に今までだって、彼は美砂子の家に来るような素振りは一度もなかった。

宍倉がよく『こんなものを背負った』と、自身を形容して言う。確かに、そういうアウトローな人生を歩いてきた男なのだろう。だから美砂子が人妻であることなどに、もう少し無頓着かと思っていたが……。

しかし、それは美砂子の世間知らずな、子供っぽい期待だ。宍倉の警戒は当然のことだろう。そう解ってはいるが、無軌道な男を彼に期待していた。そして現実の宍倉に打算を見て、なんとも味気なく、嫌な気持ちを拭えなかった。

翌日、一日中横になっていると、健康は回復した。微熱が出ただけで、二日目からは朝から普通に起き出した。

これまで二ヶ月半もの間、この家にいる時は常に宍倉との次の逢瀬のことばかり考えていた。風邪から回復すると、そんな気持ちは失せていた。億劫な気持ちで、実家の中を見回し、やるべきことを考え、ウンザリしたり、自分を奮い立たせたりする。

この家を壊して更地にして、なるべく早く売ってしまおう。希望額に届かなくとも、多少なら目をつぶろう。それより早く、一刻も早くこの家をなくしてしまうに限る。美砂子には、故郷や実家への愛着も未練もなかった。

気がつけば、十二月に入っている。

クリスマスの頃には東京に戻りたいと思った。

それで、年が明けたらすぐ家屋解体を始めてもらう。それまで、せめてここに滞在している間に、解体を頼む業者を決めてしまいたい。そのためにはあと幾つかの会社から見積もりを取ることが必要だ。

残された品物も、ほとんどいらない。業者を頼まなくても、車で東京まで運べるだけの品しか、もういらない。


業者から見積もりが届くまでの間、美砂子は東京へ持ち帰る本の整理をした。家具調度品は、古物屋に来てもらい、買い取れるものはどんどん買い取って持っていってもらおう。残りは家屋と共に壊してしまう。

決めれば早い。すっきりした気持ちで本を見返していた美砂子は、しかしふいに宍倉とのことを思い出したりする。

最後に交わった露天風呂では、背後から突かれながら、喘ぐごと、自分が山々の中に溶けていくような、アナル以外は全てなくなるような、不思議な感激を、美砂子は覚えていた。

「ほらぁ……湯に浸かって、温まったから、こんなにほぐれて――ほらっ、パックリ開いて、指もすぐ挿るっ――」

宍倉の卑猥な調子の囁きは今も生々しく覚えている。

「挿りそうだ。なぁ、挿入していいだろう」

「えっ？　……えぇ？」

「ここで挿入したいんだよ。ズップリとな」

ポルノ小説みたいな擬音を口にしたりして、宍倉はだいぶ興奮している様子だった。露天風呂の中だとか、屋外であるとか、彼を刺激する要因が、この状況下のどこかにあるのだろう。

「ほら、いつものように、細かく呼吸するんだ」

彼は女陰から抜いたペニスを、肛門に押しつけてくると、細かく上下に揺らしながら、少しずつ潜り込んできた。アナルの場合、そうやって小刻みに足踏みしながら潜り込ませると、スムーズなことを、美砂子はこれまでに宍倉に教えられていた。

「アッ」

激烈な刺激に、美砂子は耐えるだけで精一杯だった。宍倉を受け入れる間は、情感やら思考やら、全てが消えてしまう。

ましてや抜き差しされた時は、もう――

「アア、ヴヴヴッ――」

どうしようもなくて濁った声を出してしまい、あとは歯を食いしばるばかり。自分の存在を根こそぎ持って行かれるようだった。

「く、苦しい。もう苦しい。許してぇ」

どうにか言葉を口走ると、

「駄目だよ。中に出したいんだ。アアッ、いいよ。きつくて、俺も苦しいほどだ――いいっ、いいよ」

宍倉は美砂子の訴えには耳を貸さず、ただ行為に没入している。

ふと美砂子は怒りを覚える。

（なんの遠慮もなくねだってきて、私は甘えられている。私を甘えさせるのではなく、この人は、私に甘える。私は甘えさせてしまっている――）

胸の中に、ザラリとした苦い思いが募るのを、美砂子はどうしようもできないでいた。


「ンッ」

思い出すと、微かに声が漏れる。昼下がりの今、美砂子は露天風呂でされたことを思い出しながら、実家の食卓の椅子に座り、自慰を始めていた。

週に二、三回の逢瀬をした体は、まだ火照りが去らない。これまでのペースなら、すでに宍倉と二回は肌を合わせているはずだ。男への気持ちと体とは、別だった。

あれ以来、宍倉から電話は来なかった。風邪は一日で治ったが、美砂子も彼に連絡する気になれなかった。体調が悪いと訴えた自分に、なんの労りも見せなかった男。思い出すと、せつなく、口惜しい。

互いに連絡を絶やせば、遅からず関係は終わるかもしれないが、それでもかまわなかった。体の歓びを欲するものの、前のように宍倉に逢いたいとは思えなくなっていた。

こうして自分で触っているだけで、今は満足できる。

（今はこれでいい……）

そう自分に言いきかせながら、美砂子は椅子に浅く腰掛け、大股開きのはしたない恰好で、ショーツに片手を入れた。クリトリスを擦りあげ、美砂子は強引にアクメを味わった。声は漏れず、ただ半開きにした下唇を、熱い吐息で乾かしていった。

中砂蒼の姿を玄関に見たのは、そんな風に美砂子が、本来の生活に戻りかけていた日の、午前だった。

「あら……」

なんだか彼に最後に会ってから十年も時間が経ったような、懐かしいような気分になるが、最後に会った時の別れ際の出来事が、美砂子をぎこちなくさせたが、すぐに、こだわりなく接した方が良いと感じて、何事もなかったように、以前のように振る舞った。

「寒くなってきたわね。まだこの家のことでアレコレやっているわ」

「大変ですね。あの……これ、婆さんが持って行けって、また言うから」

蒼もきっと美砂子と同じ思いなのだろう、以前と変わらない物腰で、二重にされたビニール袋を差し出した。中身は白菜の漬け物だった。

「あら、美味しそうね。私大好きなの、これ。ありがとう。今度、私からもお礼を持って——」

蒼は慌てて片手を顔の前で振ると、

「いいんです。いいんです、そんな。婆さん、毎年作りすぎて、あちこちに配っているから」

白菜漬けには、鷹の爪の赤と、柚の黄色が綺麗に混ざり込んでいて、いい感じだ。

「うちの庭の柚《ゆず》です」

と、蒼は言った。もちろん白菜も、鷹の爪も、彼の祖母が庭で育てたものだという。

「そうなの……。上がって」

そうやって、お互い前回の出来事は忘れたふりを続ける。それでいいと思った。美砂子はなんだかホッとした心地になって、蒼を家に上げる。彼もそう言われることを半ば予期していたように頷くと、特に遠慮もせずに上がってきた。

こうしていると以前と変わらない。

「新作はないのね。今日、持って来てないのでしょう」

紅茶と買い置きのクッキーをテーブルに置きながら、美砂子は言った。

「最近、あまり描いてないんです」

こんな風に穏やかに絵や創作のことを話しているのが、なんだかいいなと美砂子は嬉しくなる。宍倉と過ごした時間が、直近の人生の中では汚点のように思えてくる。

それでいて美砂子は、自分が宍倉とした性行為の数々を蒼に教えてやりたいような——いや、彼に見せつけたい、そんな露悪的な感情に襲われてもいた。前回、この青年にした行為を、チラリと思い出したりもする。

「忙しいの？」

ざわめく気持ちを隠して、そうさりげなく青年の近況を尋ねた。

「いえ、特には……。絵は、スランプかなぁ」

美砂子は微笑んだ。絵の制作に行き詰まり、悶々と悩む様子の蒼に、美砂子は自分が失ってしまった清らかさや若さを見た思いがして、若い蒼が羨ましいような、眩しいようなで、胸は騒ぐ。

「いいわね……私もあなたぐらい若かったら」

若さへの憧憬《しょうけい》など無かった美砂子だが、自然とそんな言葉が口から漏れていた。

しかし蒼は冷めた調子でいる。

「若いなんて、少しもいいことじゃないですよ。なんだか、もどかしいばかりで——若さなんて、よいことではありません」

そして苦笑する。本当に苦しげな笑みだった。

美砂子は頷いた。胸の中に詰まっている何かがスルスルとほどけていく。

「解るわ。私も昔、この実家にいた頃からそうだったもの。東京へ行けば解決すると思って、早くここを出ていきたくて。でも、東京で一人暮らししても、なんだか生きにくかったわ」

食卓に向かい合って座っていた蒼の、カップが空なのに気づいて、美砂子は立ち上がり、ポットを手に彼の傍らに行くと、紅茶を注いだ。

「なんだかんだ生きていれば色々あるから、生きづらさに悩む以上に、乗り越えることも出てきたり……」

蒼が無言でいるので、紅茶を注ぎながら美砂子はそんなことをつい口にしていた。

「何があったんですか？」

ふと、蒼が尋ねてきた。

「ううん。何があったわけでもないの。気楽でいたはずなの。乳癌をやってね――本当に初期で、それほど心配することもない状態でね、その治療中も淡々としていたのだけれど……やっぱり初めての大きな病気だったから」

美砂子は何の気もなしに、つい自分語りをしてしまった。しかし蒼の顔色がみるみる変わっていく。

「……どうしたの？」

ポットをテーブルに置いて、思わず美砂子は青年の顔を覗き込む。

「いえ……そんな病気をしてたなんて、美砂子さん……なんか……可哀相だなと」

その瞬間、美砂子の胸の奥で何かが弾けた。ハッとした時には、美砂子はとっさに椅子に座る蒼の背後から、彼にしがみついていた。

2　しのんできた男

その夜、美砂子はドロリとした嫌な気持ちを持て余して、なかなか寝付けなかった。

あの一瞬の、強ばった蒼の体。彼がハッと息を飲んだ時、その肩胛骨のあたりが、こちらを拒むように硬く反った。ふり返った彼の顔……とっさにふりほどかれた美砂子の腕。

残ったのは屈辱と恥辱。

「ごめんなさい。そんなにびっくりするとは思わなかったわ」

あえて蒼の初心さに呆れるような顔をしてみせたのが、美砂子の精一杯の強がりだ。前回のこともあるのに、蒼はまだためらいや羞恥を感じるというのか？　前回の時は泣きそうな、緊張にも似た表情をしていたのに、今回は違った。あの表情を何と言ったらいいのだろうか、例えば……禁忌に触れるのを怖れでもする、そんな表情と言えばいいのか……。

それは前回よりも、彼の硬い心を映しているようで、美砂子には少なからずショックでもあった。

きっと蒼は慎重な性格なのだろう。好意があるからといって、そう易々と相手と関係を結んだりするわけでもないのだろう。若い男性が皆、性行為に見境がないわけでもないのだ。間違っても、六十になろうとする女の情欲を嫌悪したりなど、しないでほしい。でも、何か心変わりがあって、女としての美砂子にふとした嫌悪を抱いたりしていたら……。

美砂子の心は揺れた。

(あぁ、自分もあの年齢に戻って、そんな風に生き直したいわ)

今、蒼より若く、両親と共にこの家に暮らしていた頃の自分で、その上で蒼と知り合い、恋人になれたならどんなだろうかと、憧れに似た気持ちで想像してみたりする。


今夜は満月らしい。月明かりがとても強い。壁にベッドを寄せて置いているが、そこに大きな窓がある。この家に住んでいた頃、こんな月の明るい晩は、朝までカーテンを開いたままにしていたが、今夜もそうしている。カーテンを開けていたところで、周囲に建物などなく、今も昔も誰かが覗くような心配はなかった。

ただ風が強い。すでに師走に入った今夜、ヒューヒュー吹きすさぶ音だけでも身が凍りそうだ。しかし逆に、ベッドの中の温かさを実感する。シェルターの中に守られているようで心地よい。あの頃のように庭の、特に家屋の横に植えられた松の木の影が、掛け蒲団の上にくっきりと作られている。

影は風に揺れる本体の木と連動して、蒲団の上で揺れている。

美砂子は寝返りを打つ。今宵はやけに物が暴れる音がして、時おりドキリとさせられる。

年増とはいえ、女の一人暮らし。震災で半壊した空き家を狙った空き巣がいると聞いたのを思い出して、ちょっと怖くなってきた。すぐに玄関の門灯をつけてあるのだから大丈夫だと自分を安心させた時だ、美砂子が寝ている部屋のすぐ外で、はっきりと何かの気配がした。

「えっ!?」

思わず飛び起きて、窓の外を見ると、月光を浴びて黒々と浮き上がる松の木の枝に、むっくりと何かの影が浮かんでいた。

ヒッ、と、恐怖と驚愕《きょうがく》で声も出ないでいると、それは吹きすさぶ風の中、しゃがんだ人の恰好で、枝の上を伝い歩いてこちらへ来る。

美砂子の体は硬直して動かない。その影は、あろうことか窓枠に手を伸ばしている――その時になって初めてそれが蒼だと気づくも、あまりの思いがけない状況に、気持ちが追いつかない。

美砂子は、外から窓を叩かれて、ようやく我に返る。

窓を開くと、冷たい強風が吹き込む。

「いったい……どうしたの」

「靴は、どうしたら……」

蒼は開いた窓の、窓枠に座り、スニーカーを脱いでいた。

「床の上でいいわ。どこか隅にでも」

「いや、それじゃあ、汚れてしまうから」

彼は自分の靴を、こともなげに二階の窓の外に投げてしまう。

「……まっ、そんなことして」

「これなら、すぐに帰れないから」

そう言う青年の背後には白い満月が浮かんでいる。月と自分の間に、若い男が挟まれていると、美砂子は思った。

蒼はベッドに上がってきた——というか、窓から部屋に入ってくれば、まずは壁際のベッドの上に足を乗せるしかなかった。こんな所から入ってくる人間は、美砂子も含めてこれが初めてだ。

やることが、昼間とはうってかわって大胆だと、蒼に対して美砂子は嬉しい戸惑いを覚えた。

蒼は、ベッドの上に座り込み、そこから降りない。

「……歩いて来たの？」

蒼はダウンジャケットを羽織っていた。車なら、こんな厚手のアウターは着ないだろうし、それに彼の羽織るジャケットからは、冷えた墨と埃のような冬の夜気が香っていた。

「婆さんはとっくに寝てるし、車で出ると大袈裟な感じで、だいいち、本当にここに来るかも途中まで解らなかった。ただ、頭を整理したくて、家でじっとしているのが嫌で……。ここに来れなかったら、そこまで気持ちが固まらなかったら、ただの夜の散歩になるけれど、それでいいやって思って……」

「いったい何が……」

と言って、尋ねた自分の無粋さを悔やんだ。蒼は気にしていないらしい。こちらに腕を回してきた。薄闇の中で、彼は微笑んでいる。

改めて美砂子は抱きしめられる。

「あっ……」

美砂子の首筋に、蒼が顔を埋めてくる。そして彼の片手が、いくらかぎこちなく乳房を撫でさすってくる。

「こんな時間に……もう突然なんだから」

身を任せながらそっと囁くと、

「だって、こうして、こんな風に、いきなりここへ来ないと、いつまでも、どうにもできないから」

蒼の素直な物言いが、美砂子の胸に刺さる。それでも、

「だったら、私の誘いを嫌がらなければいいのに」

つい、憎まれ口をきいてしまう。

「あんな顔して拒絶されたのだから、あなたは、私とは絶対に嫌なんだと思っていたわ」

「そんなこと……ただ、気持ちが決まらなかった。それに、僕から、あなたをと、思っていたし……。このあいだまでは、よく留守にしていたから、東京に帰ったかと思って、ドキドキしたりしていたんだ」

「忙しかったのよ、私」

おそらく宍倉と逢っていた時、蒼は訪ねてきたのだろう。美砂子は青年がいじらしくなって、自分からも抱きしめ返す。

それが合図となって、蒼は動きだした。美砂子の胸元に顔を埋め、深く大きく呼吸をしながら、女体をまさぐる。

「アァッ」

彼の勢いに任せた激しい愛撫に、美砂子はたまらず喘ぐ。首筋を吸われて、思わず顎を天井に向けて仰け反ると、寝乱れていた髪がバサリと散った。数時間前に洗ったそれは、根元のあたりがまだ微かに湿り、トリートメントの甘い匂いが蒸れて濃く漂った。

「アァ、美砂子さん」

蒼は、美砂子の後頭部に片手を回して髪をかき混ぜるように乱しながら、さらに首筋に唇を這わせてきた。

その吸着感に、美砂子の下腹部は、早くも熱く湿ってくる。

美砂子も両手を蒼のジャケットの内側に滑らせて、それを肩から落とすようにして脱がせてやる。そして、その下に着ていたタートルネックのセーターも、シャツも……。

蒼にその気配が感じられなかったので、美砂子は自ら着ていたパジャマの前ボタンを外していった。

（はやく、肌を触れ合わせたい）

今は逆に美砂子の方が火がついている状態だった。

蒼が両手を伸ばしてきたので、されるままになっていると、彼は美砂子の肩からパジャマの上着を滑り落とす。

袖から腕を抜き、そうして初めて青年の前に、裸の上半身をさらした。月明かりが、肌を白く美しく見せているようで、嬉しかった。

「………」

蒼は何か言おうとして言葉が見つからないのか、口を半開きにしたまま、こちらへ顔を近づけてくると、背を丸めて身を屈めるようにし、両手でそっと乳房の丸みに触れながら、顔を寄せて凝視する。

「痛かったですか？」

乳房の手術痕を指先でそっとなぞりながら訊いてくる。

「痛いも何も、麻酔で何も解らないし、お医者様は神経も取ってしまったと言うから、術後も何も感じなかったわ——今では少しつるし、季節の変わり目には疼くけれど」

「あぁ、そうなんですね」

蒼は感慨深そうに頷きながら、月光で浮かび上がるそれを凝視していた。

これを見ても動じなかった宍倉の反応に慣れたからか、美砂子は屈託無く上半身裸になったが、もしかして若い蒼には色々と心に負担を与えるかもしれない——と、美砂子が今さらのように心配になった時、蒼が言う。

「僕の母親が、同じ病気で——乳癌で死んだから」

「まぁ……そうだったの」

「何回か手術して、片方全部取ったって、婆さんがだいぶ後に言っていました。僕は母のそれ、見ていないから」

おそらく全摘しても、再発と転移をしてしまったのだろう。

「気の毒だわ。あなたみたいな——だって、まだ小さかったのでしょう、お母様が亡くなった時。あなたのことは、きっと心残りだったでしょうね」

「僕も、よく覚えてないというか、事情がそこまではっきり解らなくて……。母が入退院を繰り返して不安だったけれど、もうすぐよくなるからって、婆さんや、お見舞いに行けば母も、そう言っていたから、それを信じていたけれど、だんだんと、それが僕を気遣っての嘘だって、子供心にもぼんやり感じられて……。でも最後まで、大人の言葉を信じているふりをしていたんです。本当は母が死ぬのが怖かったけれど、それを言わないで我慢して、気づかない演技をしていたから、傷が残るんですね……」

蒼は熱のこもった顔つきで、目の前の傷のある乳房を眺める。

白い膨らみの中、ケロイドのような薄桃色の一直線の細い痕跡が、月光に浮かんでいる。それを見つめる蒼の眼差しは優しく、今にも泣きだしそうにも見える。

信じているふりをしていたという言葉に、美砂子は胸が詰まった。そんな子供の彼を想像すると、愛しさが溢れてしまう。蒼は、傷のある乳房に、幼い頃に亡くした母親を見ているのだろう。

美砂子はそっと両手を伸ばして、蒼のズボンを脱がせようとした。しかし、

「あっ」

ふいに彼が羞じらいを見せる。

「いいわ、代わりに私のを――脱がせてくれる？」

蒼の両手を掴んで、腰のあたりに触れさせる。しかし彼は何もできない。

美砂子は自らパジャマのズボンを脱いでいく。ベッドの上に座ったまま、尻を片方ずつ浮かせてズボンをずらし、脱いでいく。

「……ぁ」

クリーム色の、少し光沢のあるショーツが、丸みのある美砂子の下腹部に食い込んでいる。それが月光にさらされて、あらわになると、蒼は小さく声を漏らしていた。

青年が幼く感じられて、美砂子は密かに微笑む。

「……これを、あなたが脱がせてくれる?」

彼の片手を取ると、美砂子は自分が穿いているショーツを掴ませて、そのまま彼の手に自分の手を重ねて、下着を脱がせるように導いていく。

ショーツはよじれ、美砂子の肌を擦る。フッと性毛の隙間に、夜気が染みこんできた。

蒼が息を大きく呑み、美砂子のあらわになった腰に手を伸ばしてくる。

「アァッ……」

美砂子は甘く呻きながら、上半身を後ろに倒して仰向けになった。膝を折って立てると、いよいよゆっくりと太腿を広げていく。その開いた奥に、青年の視線を感じてしまう。

「……アッ」

差し込んだ月光に照らされて、美砂子の内腿は白く輝くようだった。蒼は、そこをただゆっくりと撫でさするばかりでいる。

「もっと強く、好きにしていいのよ。私のことを」

美砂子は少しもどかしくなり、彼を鼓舞するように声をかけながら、改めてアクの強い宍倉に、普通ではない方法で嬲られていたことを意識する。宍倉の刺青の体や、彼に浴びせられた蝋や鞭の刺激を思えば、この青年がいかに初心なのかを痛感してしまう。

「舐めてくれる？　こうして――」

蒼の肩をそっと掴んで導く。彼はされるままに、美砂子の太腿の間に顔を入れようと、片膝をついて、背を丸めて頭を落としてきた。

が、しかし、

「アッ、ちょ、ちょっと――」

蒼は急に身を強ばらせた。彼はまだジーパンを穿いたままだ。どうやら勃起が当たって痛く、動けないらしい。

美砂子は起き上がると、蒼の股間に手を伸ばしていく。

「脱がせてあげる。その方が楽でしょう？」

蒼も察して、ベッドの上に膝立ちになる。

デニム地は硬く、少し苦労してボタンを外す。ジッパーはゆっくり下ろした。片手を股間に添えて、押さえるようにして、むやみに一物に刺激を与えないようにした。

ジーパンは細身のデザインで、脱がそうとすると、トランクスも一緒に巻き込んで下ろしてしまった。

「あっ」

「大丈夫よ」

蒼の陰茎は思いのほか長く、三日月のような弧を描いている。顔を近づけると、夜の入浴の名残が香る。それを口の中に呑み込んでゆくと、陰毛の茂りの中に、清涼な入浴剤か石鹸《せっけん》のような香りがこもっている。

「ンンンッ……ッ」

美砂子は深く喉の奥に入れていく。どうしても呻き声が絞り出てしまう。えずかないよう、唾を飲みこむ音が、粘っこく響いている。やがて、こちらの舌遣いに、青年の腰はヒクリと跳ねた。

（アッ……）

その反応を、美砂子は愛おしいと思い、胸が高鳴る。その心の躍動に促されて、頬を窄め、唇を窄めると、いよいよ頭を揺すって刺激を与えていった。

「うわっ――ああっ、も、もう」

蒼が切羽詰まった声をあげた。美砂子はその声に煽られて、一度口から出したそれに、思いきり伸ばした舌先をチラチラ細かく動かして触れていく。両手はしっかり青年の腰を掴み、そうして体を支えると、頭を上下に波打たせ、舌先を移動させる。三日月のような陰茎の弧に舌先が添うように首を反らし、仰け反っていく。

舐め上げていく舌先に、すぐに塩辛い滑りが感じられた。掴んだ蒼の腰は震えだしている。

「ンンッ、アンッ、ンヌッ……」

美砂子はわざと、そんな鼻にかかる呻き声を漏らしていった。

「うわあっ、あっ」

蒼はもうたまらないという様子で、美砂子の頭に両手を置き、髪をくしゃくしゃに握りしめる。その反応を合図に、再び陰茎を呑み込み、今度こそ頭をリズミカルに振って、唇を激しく滑らせ陰茎をしごいていく。片手を付け根にあてがい、そのあたりを指先で揉みほぐす。その間も頭を休むことなく振りたてる。唇に力を入れて、キュッと窄めて締めつけてみたりもした。

「アアアッ、も、もう。美砂子さんっ」

蒼の声は裏返っていた。「ハァゥハア」と、震ぇ声を放ちながら、彼の腰は大きく何度も痙攣している……。

射精まで早かった。そう思いながら、美砂子は喉をゴクリと鳴らした。

「ううぅ」

蒼がなんともいえない声を漏らす。満足と言うより、後悔や羞恥が滲むような声。

「我慢できなかったのね」

独りごちるように囁くと、口の中で残った精液が粘つく。それを潤滑剤にしながら再び含み、出し入れし、さらに口の中で舌先を擦りつけて刺激もした。

「ンンッ」

美砂子はすっかり昂ぶり、悩ましい鼻声を漏らしていく。口の中で唾液と精液が混じり合い、ヌチャヌチャと派手な音が漏れる——美砂子はよりいっそう舌を動かし、唇に力を込めて窄ませていく。そうしている間、ずっと目を閉じていた。それを、ふと開いた。

眩しい——と感じた。美砂子は月光を顔に浴びていた。窪む頬、陰茎を吸う皺の寄った唇。そんな六十がらみで化粧もしていない女の顔を、蒼がじっと見おろしていた。

彼と目が合い、美砂子は陰部が熱くなる。キューッという痺れるような疼きに襲われ、彼と目を合わせたまま、その一物をゆっくり口から出し入れして、嬲ってゆく。

「あぁ、美砂子さんっ」

蒼はすぐに勃起していった。美砂子は息が続かなくなる。唾液の糸を引きながら一物を口から抜き、

「お、大きいのね」

と、美砂子は蒼を見つめて囁いた。

「美砂子さんっ」

蒼に押し倒されていく。仰向けになった美砂子に、蒼がのしかかってきた。彼の重みを感じながら、美砂子は両脚を開いて、細身の青年の腰を迎え入れる。

「ンンッ」

蒼は焦っているらしく、自らの一物を握って、美砂子のそこをめったやたらに突いてくる。

「ここよ——そう、そこだから」

美砂子が腰を浮かせて、誘導する。やがて膣に亀頭がはまる。

「そのままっ――アアアッ」

クワリッと広げられて、美砂子は思いがけない快感に襲われ、慌てた。

「アーーーッ。蒼くん。いや、すごい」

亀頭が膣の天井を擦りあげてくる。青年が少しでも腰を動かすと、頭の中で星が弾けたような刺激を感じ、思いがけない快感の強さに、たまらず彼にしがみついてしまう。

「い、いいんですか？」

「すごいわ。すごいの――アアッ」

美砂子は余裕を無くしていく。

蒼が動きを止め、いくらか身を起こして、乱れる美砂子を覗き込んできたが、そんな彼の視線が、美砂子をさらに悩乱させていく。

「ンァ、ハァン」

髪を乱し、鼻にかかった声で喘ぐ。股を開いて一物で刺し貫かれたまま、右に左に身をよじると、脇腹の肉が段々とたわむ。

「そんな、美砂子さん。もうっ、すごい。すごくて」

蒼が、感極まった声を漏らす。

「恥ずかしいわ。私もう、若くないのに……こんな、乱れて」

「そんな。いいです。綺麗です」

蒼が身を屈め、そっと美砂子の鎖骨や胸元を撫で回す。遠慮がちに、乳房を握りもした。

「もっと強く握って。吸ってもいいのよ」

言われて蒼は、顔を寄せてくると、乳首を口に含んだが、しかしすぐに顔を離す。

「なんだか、お母さんとしてるみたいで」

美砂子は微笑んだ。

「赤ちゃんになればいいのに。傷は——私の傷は、気にならないの？」

「はい。いえ、だから余計に、自分の母の胸にいるみたいで」

ふいに蒼に対して愛しさが込み上げ、美砂子は思わず彼を強く抱きしめる。挿入を果たしたまま、彼はまだ動く気配がない。

「いいのよ。あなたのお母さんでもいいわ。いいわ。だからもっとして」

つい興奮して、甘えて口走ると、宍倉に向かって身を差し出し、どんなことをされてもかまわないと言った、あの時の受虐的な興奮が一瞬だが鮮やかに蘇る。

「いいのよ。蒼くんになら、私は何されてもいいのだから」

仰向けで刺し貫かれるまま彼を抱きしめると、美砂子は両脚を持ち上げて、二人の接合を深めていく。

瞬間、宍倉から受けた数々の行為が体を駆け抜けていく。

「ほ、欲しいっ」

美砂子は立て続けに喘いで、青年に組み敷かれたまま腰を弾ませてしまう。

「み、美砂子さっ――」

蒼もいきなり腰を律動させた。もう我慢がならないという様子だ。しゃにむに突いてくる。

青年の細身の腹から腰の、波打つような動きは止まる気配がない。

「あああっ、み、美砂子さん」

「ハァン、ハァン、ハァァンンン」

二人の悩乱する声と吐息が重なる。そして、激しくベッドが軋む音……。

美砂子が中学か高校生の頃に親が購入したベッド。木製で枕元には小物が置ける棚がある。当時は子供部屋に置くタイプのベッドとして、よく見かけたタイプ。学生の美砂子は、この枕元の棚に、目覚まし時計を置いて、毎朝ベルの音にたたき起こされた――そんな思い出のあるベッドが、男女の営みで揺らされ、組み立て式だった脚は、今にも外れそうだ。

美砂子は夢中で蒼の肩や背を撫で回している。肉が薄く、引き締まっている。初々しくて、彼こそついこの前まで、こんなベッドで寝ていたであろうと想像してしまうと、なんとも微笑ましく、愛しささえ感じる。

が、しかし、青年が動けば愉悦に顔をしかめ、

「ああっ、そこ、あたるぅ。あたるぅ、あたるわ」

と、美砂子はひときわ大きな泣き濡れた声で甘えて訴えながら、両脚を蒼に絡ませ、彼の腰の上で足を交差させた。そうすることで美砂子の股間の位置はせり上がり、彼の恥骨とギチギチと擦れていく。

「イイ？　ねっ、イイの？」

蒼は自分の行為にさほど自信がないようで、美砂子の様子を確かめるように訊いてきた。

「いいわ。すごくいいわ」

彼を見上げ、慈しむように片手で肩先を撫でる。

「イキそう？」

蒼がなおも訊いてくる。

行為に戸惑いを覚えている青年が愛しくなるし、こうして彼に気にかけてもらえるのも自尊心を甘くくすぐられて嬉しい。

「ええ、もう少しよ。もっと、ここを——突いてみて」

目を閉じて、青年にしがみつく。そんな自分を子供のようだわと呆れるほど、それは甘えたしぐさだった。自分の息子といってもいいほど若い青年に対して子供じみた態度をとる倒錯に、美砂子は酔い、官能を刺激された。

「美砂子、好きだ」

ふいに蒼が口走る。彼は、相手の女の名を呼び捨てにすることで、この行為による結びつきを、より強固に、はっきりしたものにさせたいのだろう。あるいは、年上の女への、所有権を明確にしたいという思いだろうか。どちらにせよ、若やいだ、気の張りみたいな初々しさを、その一言で感じる。

美砂子は、そんな青年が微笑ましく、愛おしくなった。

「いいわ。あなたの、こんなにいいなんて……すごく感じる」

蒼を励ます気持ちもあって、そう彼の耳元で囁いた。

が、実際、蒼の勃起したそれは、先端がこれでもかと子宮口を擦り刺激してくる。あながちお世辞とは言えない良さがある。

「そこそこそこ、当たるの。あなたの先が当たるの。そんなの、されていたらもう、イッチャウゥゥゥ」

いつしか本気になり、我を忘れて口走っていた。

粘っこい口調で訴え続けると、若い蒼は性感を刺激されたらしい。

「ほんと？　イイ？　あぁ僕も――もぅ」

美砂子の上で、ふいに汗と脂の匂いや熱気がムワリと漂う。明らかに青年の体臭だろう。最初は匂わなかったのに、体温が上がり、汗をかいたからか。とにかく美砂子は、その匂いにズンッと下腹部を打たれた。

「アアアッ、ほんと、もう――イクゥ」

改めて蒼に抱きつくと、汗ばむ肌はネチッと吸着し合う。美砂子はクッと、眉間の奥から靄《もや》がかかるように、一瞬、色々と解らなくなる。

「み、美砂子さん、出る」

「このまま、中に」

蒼の口調に切迫したものを感じて、美砂子は辛うじて答える。

「アアアッ、そんなっ、すごいよ——アッアッ——」

蒼はいよいよ感極まったように、美砂子にしがみついて根元まで挿入したまま、動かなくなる。ただ時おり、その尻が痙攣していた。


なんの防御もなく、女性の中に直接射精した経験は、蒼にはかなりの歓びだったらしい。

「……あぁ、ほんとに……中に、出しちゃったんだ……」

しばし美砂子の上から退くこともなく、荒い呼吸を繰り返しながら、そう自分に言いきかせるように何やら呟いている。

「初めてなの？　中で出すのは？」

そっと尋ねると、彼は美砂子の胸の上に頭を乗せたまま頷いた。

やがて、ふいに目覚めたように顔を上げると、彼はようやくのろのろと動きだす。

「重かったでしょう、美砂子さん。いつまでも、こんな——」

彼が腰を浮かせるなり、一物がヌラッと抜けていき、美砂子の膣から粘液が垂れて、内腿を濡らした。

腰を身じろがせると、陰部でヌラッと滑りが感じられ、美砂子はこの青年と交わった実感を新たにする。

「美砂子さん、ここにもう少し、いてもいい？」

美砂子の傍ら——彼がさっき侵入してきた窓の真下の壁に身をつけて、蒼は急に甘えて親しげな口調でそんなことを尋ねてきた。

「お婆さん、大丈夫なの？　ご老人は夜中に目を覚ますというから、あなたがいないと解って心配するのじゃ」

「へーき、へーき」

蒼は言うなり、幾度か体を弾ませると、寝入るような姿勢を見せた。

「寝ちゃうの？」

「駄目？」

「きりの良い時間に、あなたを起こさなくてはいけなくなるじゃない」

「美砂子さん、眠い？」

「眠いわ。今にも寝ちゃいそうよ」

「じゃ、一緒に寝よ。さぁ」

蒼はうつ伏せになると、顔を半分寝具に埋め、もう片目で美砂子を見つめて、片腕を伸ばしてきた。

その物言いや様子は、子供が威張っているみたいだ。美砂子に対して、べたべたに甘えた気持ちでいるのが解る。美砂子が彼の母親といっていいほど年上だからだろう。

美砂子は苦笑した。そして内心、困惑する。

あのちょっと堅苦しい物腰の、息が詰まって、緊張していた青年はどこへ行ってしまったのだろうか、と。

「今夜は帰りなさい。お年寄りは朝が早いのでしょう。今、ここで寝てしまったら、お互い疲れているから、朝早くには起きられないわ。あなたが朝帰りなんてしたら、心配されるでしょうし——」

孫の相手が美砂子だと解ったら、大変だ。自分は既婚者なのだと、宍倉の時には感じなかった警戒心や現実感が、美砂子の胸に去来する——美砂子はふと、心に負担をかけられていると感じる。

それを平気でかけてくる若い男がいずれ重荷となるだろうという予感が、一瞬よぎる。

「ん……解ったよ」

蒼は玄関から出て行こうとする。

「あっ、ちょっとこれを履いて」

二階から投げ落としたスニーカーを履くために、庭に出ていく彼に、突っかけサンダルを勧めた。

美砂子の部屋にしのんでくるのに登った松の根元に、蒼のスニーカーは散らばっていた。

彼はそれに履き替えると、そっと出て行った。美砂子はサンダルを持って玄関から家の中に入る。ドアはしっかり施錠する。

カーディガンを羽織っていたが、すぐに体が冷えてくる。

季節は冬。今はまだ冬の深夜だった。

3　仮想の母になり

翌日の夜中にも、蒼はしのんできた。美砂子は寝ていた。

「まぁ……」

もうすでにそれが日常と化しているほどに、蒼は当たり前のように松の木に登り、寝室の窓を叩く。開いてもらうと、部屋に飛び移るようにして入ってきた。

入室するなり、なんの挨拶も、一言の言葉も発せず、無言のまま美砂子を抱きしめて、ベッドに押さえつける。

「電話ぐらいして」

肩を押さえつけられながら、美砂子はちょっと怖い顔で言った。

「解ってるって」

こちらを見下ろしながら、蒼が屈託無く答える。昨夜、年上の女とまぐわい、コンドームも使わずに最後まで女体の中で終わらせた経験が、彼をだいぶ舞い上がらせているらしい。

美砂子が黙っていると、彼は顔を綻ばせながら両手を伸ばしてくる。

「待ってよ」

パジャマのボタンを外されて、美砂子は冷めた口調で言った。

「どうしたの?」

「だって来るなり」

「夜遅いからさ。ゆっくりしてるの、もったいないじゃないか」

「それなら昼に来なさい」

「ウン」

「今夜は帰りなさい」

「ええっ、そんなぁ。今夜はするよぉ」

今夜も最初から甘え口調の蒼だった。前日よりも月光は弱く、二人の顔は暗く隠されている。

美砂子は、だからそこにいるのが見知らぬ青年のように感じられる。

「するよ。今夜もさ」

彼がのしかかってきた。拒むでもなく、受け入れるでもなく、その肩先あたりに手で触れる。美砂子の指先は、厚手のセーターの、ゴワリとした編み目に擦れた。彼はダウンジャケットをすでに脱いで、床に投げ捨ててある。

そこから冬の夜の匂いが漂っている。どこか埃臭くて墨のような匂いが……。

「歩いて来たの？　今日も」

つい尋ねると、

「うん」

と、子供のように屈託無い。

そんな青年の無邪気さに、少し心ほぐれた美砂子は、

「しょうがないのね」

と、受け入れていく。とはいえ、彼の服を脱がせるようなことはしない。自らもパジャマを脱がずに、そのままでいる。

「ねぇ」

すると蒼が動いた。彼は手早く下半身裸になり、上はセーターを脱いだが、肌寒さを感じているのか、長袖Tシャツは脱がずにいる。代わりに美砂子のパジャマの下を脱がせにかかる。

美砂子は好きなようにさせ、されるがままになっていた。

蒼は美砂子のパジャマのボタンを全て外していく。

「寒いから、全部脱がなくても」

確かに今夜は急に冷え込んでいた。

「脱いでもいいのよ」

「寒くない？」

「ないけど、あなたが寒いならストーブを」

「あっ、別にそこまでは、いいから。ただ、ここが開いていれば……。オッパイが、見たい」

「傷があるのに？」

「……うん。それが、なんか、好きで」

お母さんを？　と、言おうとして、美砂子は口をつぐむ。ただふと思い、そうなのだろうなと確信した。

（なら、この行為は？）

青年の唇を首筋や胸元に感じながら、美砂子は目を閉じて考える。

（母親と寝ている興奮？　ううん。母親を求める余り、私をこうするしかないのでしょうね……きっと）

そう思えば蒼がいじらしく、なんだかせつなくなって、彼を愛しく思う。そう思うものの、しかし、何かが美砂子の胸の中でわだかまる。

「アアァッ、そ、そこ……そんなに」

パジャマのズボンをショーツ共々下ろされていき、割れ目を指先で広げられる。美砂子はっい両脚をもぞつかせた。大陰唇が、蒼の指先によって、引き剥がされていき、熱と湿り気が閉じ込められた内側があらわになっていく。

「そ、そこ、やぁぁっ……はぁぁン、は、恥ずかしい」

「舐めてあげる」

蒼の舌づかいはソフトなタッチだ。ぎこちなく、少し物足りない。

「アァン、も、もっと、そこを――」

たまらず美砂子は、腰を浮かせると、揺すり動かした。

こうして、快楽の中にどっぷり浸かっているのは楽だった。

自ら卑猥に動くと、欲望が蠢き、衝動が突き上がる。

「ンンッ……ンァ、も、もっと……」

言われて蒼も遠慮を無くして舌を使いだした。青年の舌先がクリトリスに絡んで美砂子は、

「ファ、ンァ」

と、腰が浮き上がるような感覚に包まれて、甘えた声を出した。が、蒼が執拗に舌を使い続けるので、美砂子の腰はそのうち痙攣しだした。

「やだぁ、ハァァッ、イ、イッチャう」

最後に股間が大きく突き上がる。それを合図に、蒼がのしかかってきた。

「ンアァッ」

膣口がメリッと広がる。美砂子は脚を広げ、股間をせり上げて、一物を迎え入れた。

「アアッ」

さすがに奥底まで突き入れられて、美砂子は甘生い声を漏らす。

「ウウッ、ンハッ」

蒼も余裕を無くして切迫した呼吸を繰り返している。その懸命さがいじらしい。美砂子は瞼をそっと開いた。青年と見つめ合いながら睦み合いたかった。

しかし美砂子の真上にあるのは、目をしっかりと閉じる忘我の顔だった。蒼は何を見ることもなく、ただひたすら腰を動かしている。ただただ己の感覚に集中しているらしい。

(私を置いてきぼりにして……)

美砂子はそんな気持ちに襲われる。常に美砂子の乱れ具合を確認しながら動いていた宍倉の、大人の物腰が恋しくなる。彼が、女を歓ばせようとして、色々してくれたこと。例えば——、

「あっ、そこを——ねぇ」

行為中、宍倉に下腹を押されたことを思い出して、思わず今、青年にそれを催促してしまう。あの時は挿入しているペニスが強く擦れて、悶絶するほど強烈な快感だった。

「え、何？　ど、どうしたの？　いい？」

蒼が腰を律動しつつも顔を覗き込んできた。

「美砂子さん、どうした？」

青年と一瞬、目が合い、

「ううん。いいの、いいわ。アァ、いいのよ――いい」

と、美砂子はとっさに喘いでごまかしてしまった。しかし蒼とこうしていながら、思い出していた。宍倉に下腹部を押さえつけられた刺激を、あの時の彼の息づかいや、押し込んでくる腰の重みを……。

「止まらないで……突いてぇ、もっと――アァッ」

美砂子は目を閉じながら、青年の背中に両手を回して、その肉感を感じながら、違う男を生々しく思い出す。宍倉の青黒い刺青に埋まる肌の匂いが、一瞬だけ鼻先にそよいだ錯覚さえ起きて、熱の潤みが美砂子の子宮に湧いた。

確かに、宍倉との性戯や睦み合いはよかった。誰かと比べることはできないが、縛るにしても、様々な道具を使うにしても、手慣れている印象だった。それらの行為に初めは恐怖を感じたとしても、実際には快楽しか与えられず、苦痛は感じなかった。美砂子はひととき、それに溺れた。

しかし溺れるほどに、逆に心には隙間や溝が生まれてしまった。体ばかりがしっかり結びついても、気持ちはすぐに解けてしまう。解けた気持ちで逢うのは苦痛だ。宍倉との場合、逢うというのは、そのまま体を繋げることを意味する。それ以外は何もない関係は、心が痛めつけられる。宍倉が、そう思っていなそうな所が、美砂子はまた耐え難かった。

「あああ、す、すごいな。ちょっと」

蒼がふいに動きを止め、言った。彼が行為に夢中になるあまり、木製のベッドが今夜こそ激しく軋んでいる。マットレスを置いたベッドの木枠が前後にたわむようにしなっている。

蒼はふと真顔になって、

「さすがにさぁ」

と、ぼやくように呟くと、美砂子の上から退き、床に立った。

「こっちに来てよ」

美砂子は片腕を掴まれ、引っ張られる。蒼の導きで、かつての勉強机の前に連れて行かれると、その机の縁に両手をつかされる。

「後ろから、いい？」

蒼の両手が、美砂子の腰を掴んで後ろに引く。美砂子は腹から体を直角に折って、尻を突き出させられた。

蒼は、その割れ間を亀頭で探り、易々と挿入してくる。

今までとは違う角度。この青年とは初めて体験する体位で挿入される。

「ンナァー」

思いがけず奥まで突かれ、美砂子は思わず上半身を伸び上げた。

「ウウッ——ンッ、ンンッ」

蒼は早くもリズミカルに動きだす。その陰茎は、先ほどよりもずっと太く感じられる。ゴツゴツと膣壁を擦りながら、常に最奥を刺激し続ける。

「い、いやぁ……こ、壊れそう」

腹の奥がヒリつく。美砂子は涙を滲ませんばかりに訴えながら、ふと甘い情感が生まれてくる。荒々しく身を貫かれて、青年の欲望を吐き捨てられる対象となって、美砂子は初めて興奮を覚えた。

「いいっ。もっと、もっとして。壊して。私のことを、目茶苦茶にして、壊して——アァアン、あなたので、壊して」

さらに美砂子は口走る。

「アァ、こ、壊して、そこ壊してぇぇぇ」

青年の腰使いの激しさに、美砂子はすがるようにして、机の近くの、回転椅子の背を掴むも、文字どおり背もたれがくるりと回り、足元のキャスターが滑って重心を崩す。そして急いで、また勉強机の端に手を置き直す。

「オオッ、み、美砂子さ——」

美砂子の悩乱に、若い蒼は煽られたのか、腰の前後運動をより激しく、力を込めてきた。

美砂子は全身を揺さぶられ、いつしか背中や首筋に汗を噴いて、全身が生温かく火照りだした。乱れていく髪が、湯気が出そうな肩先や頬や首筋に貼りついた。

「アァン、もっとぉ」

荒々しく揺さぶられて悩乱していく。

(そう、これよ。愛されるなんて、私は気持ちが悪い。手荒に扱われ、姦られているのが好きなのよ)

そう実感して、初めて快感に溺れていく。

「イ、イクゥー」

「アアッ。出る」

少し遅れて蒼も放ってくる。彼の最後の突き入れが激しすぎたか、中で折れるようになり、射精中にペニスが膣から飛びだした。放たれる温かな精液が美砂子の突き出した尻のワレメや内腿にドロリと降りかかる。そしてすぐに冷えていく。

「ンア、ウアァ」

肌を垂れ落ちる、その粘液の感触と、いまだ続くアクメの余韻に、美砂子は机にかじりついたままま、ただ尻だけを高く突き上げて、断続的に体を細かく震わせた。

蒼は挿入しての射精に執着しているようで、最後、再び挿入を試みながら美砂子と共に果てていく。

(もう決して、私は何者をも孕むことがないんだわ)

ふいに美砂子は、そんな自分の体と年齢を意識した。以前は感じなかった『女』を、自分の内に感じた。

蒼は、朝になっても帰らなかった。

「お婆さんが朝ご飯を用意しているのじゃない？　朝帰りはよくないわ」

「実は婆さん、昨夜から町内の老人会の旅行で、留守なんです」

「あら……そうだったの。だけど犬は？」

「昨日はいつもより長く散歩で歩いたし、一食多く皿を出してきたから、今朝の食事はそれで」

「そういう不規則なことしちゃ、犬にはよくないのじゃない。一度帰ってあげなさいよ」

「今日はこれから、まだ美砂子さんと過ごしたいけれどな」

「一度帰って、一寝入りして、それから散歩がてら、久しぶりにあの犬を連れて、ここに後で来たらどう？」

美砂子は改まって提案した。本当は今、一人になりたかった。ゆっくり体を休めて入浴したいし、コーヒーも静かに飲みたい。蒼はすっかり美砂子との行為にのめり込んでいる様子だが、今はそれが美砂子には重荷だ。

結局、蒼は午過ぎにはまた来ると言って、おとなしく帰っていった。

（彼とは近づきすぎてしまった）

一人になって美砂子は考える。林檎とトーストの簡単な朝食を食べながら、お風呂を沸かしながら、蒲団の上でゴロゴロとしながら、とりとめもなく考える。

たった今まで蒼とまぐわっていたベッドには、今は横たわりたくなかった。行為の記憶が生々しく蘇ってきて、冷静でいられなくなりそうだ。

なので、美砂子は一階の小さな和室に蒲団を敷いた。押し入れに入っていた来客用の古いものだが、問題なく使えた。

少し湿った蒲団の上でごろりと転がりながらも考える――

青年も、関係してしまえば男になる。そして他の男と違うのは、それに加えて母の面影まで美砂子に求めてくることだ。初めこそ、美砂子も母性本能をくすぐられたが、蒼が遠慮を無くしだしたので、戸惑っていた。関係が深まるごとに、彼は美砂子に、女より母親を求めてくるようになっている。


電話が鳴っている。

「もしもし」

応対した美砂子の耳に、宍倉の声が聞こえてきた。

「やぁ、久しぶりだな。風邪はどうだい？　治ったか？」

「……え、えぇ」

はるか過去から聞こえてくる声のようだ。

「あの……」

美砂子は時計を見る。

「ごめんなさい今――あと二時間ほどしたら、またかけてくださる？」

「あぁ。なんだ、今、忙しかったか。悪かったね。解った、じゃあ、また後で」

「ごめんなさい。必ず、かけてきて」

「あぁ、解った」

電話を切ると、美砂子は少しの間、ぼんやりとした。が、頭の中だけがめまぐるしく動いている。

そしてピタリと、渦を巻いていた思考が止まる。

美砂子は食卓の隅に重ねて置いてある書類や資料の山から名刺ファイルを見つけて開くと、そこに収められた何枚かの不動産会社の名刺から、一番印象が良く、信頼できると思われる一社のそれを取り出すと、記されてある担当者に電話をした。

「ええ、決めました。クリスマス過ぎの二十六日にはここを発って東京に帰ります。その時、こちらで遺しておく品は車に積んで持って行ってしまいますので――」

先方は、思い出の品が、乗用車一台に積んで一回運べば済む量なのかと、念を押してきた。

ここは家の解体から残留する荷物の処分までを一括で引き受けると言ってきた不動産業者だった。そんな一括だなんて乱暴だ、もっとゆっくり大切に品々を処分したいと、ずっと思っていた美砂子だったが、気が変わった。

「大丈夫です。だからそれ以後は、家の中、いえ敷地内に残された品物は全部処分で。ええ、そちらが手配する業者さんに全てお任せします――」

美砂子は明日、書類に判子を押しに不動産会社に行くことを約束した。そして二十六日――あと一週間後に、ここを発つ。二度と戻ってこない。戻ろうにも、ここはもう美砂子の所有地ではない。年が明ければ、この家はなくなり、土地も人手に渡り、美砂子の過去はなくなる。

夫にも続けて電話をした。

「とうとう決めたか。解った。二十六日だな。ゆっくり帰って来いよ。年末で、混むから、高速も。それから都内に入ってからも気をつけろよ」

「ええ。気をつけるわ。だから大丈夫」

全て終わらせた。心を決めれば、あっという間に終わってしまった。

美砂子は電話を切り、大仕事をやり終えた爽快感に身を任せる……。

窓の外、今日はよく晴れている。

直射日光に照らされて、庭の南天が鮮やかだ。

その赤い実を眺めて――私の心には、きっとまだ、卑屈なまでに愛を乞う幼い女の子が取り残されているのだろうと思った。愛を乞いつつ、満たされないことを知っている。その絶望から、情をかけた男にだって、冷酷な仕打ちができるのだ。

夫との電話を終えて三十分ほど経った頃、蒼が犬を連れて訪ねてきた。

美砂子は犬もリビングに上げた。少しの間、共に暮らした美砂子に、犬は多少は愛情を示すが、やはり飼い主の蒼のそばから離れないでいる。

美砂子は密かに苦笑する。

この青年は、美砂子の胸の内の戸惑いや苛立ちなど、想像もできないのだろう。今、彼は私のことを恋人として認識しているのだろうか？

ただただこの青年は、美砂子が求めていた庇護者の愛情を、年上の女だからという理由だけで美砂子に求めてくる。そういう相手が、今いることで、はしゃいでいる。

(私だって求めているのよ。私に与えられなかった庇護者の愛を。あなたは、母と死に別れた悲劇を盾に、平然と私にそれを求めるのね)

蒼と相対していると、そんな怒りが沸々と湧いてきて止まらない。

「婆さんに、今日は友達のところへ行くから遅くなるって、置き手紙書いてきたんだ。だから――」

美砂子の内心にはまるで気づかず、青年は座っていたソファから立ち上がると、シングルソファの肘掛けに腰掛け、そこに座る美砂子へ両腕を伸ばしてくる――その時、電話が鳴った。

美砂子はすっと立ち上がり、受話器を取る。

「俺だ。今は、もう大丈夫かい？」

宍倉だった。今頃に電話をくれと言ったとおりに、かけてきてくれたのだ。

「えぇ」

「久しぶりだからさ。最近どうしているかと思ってね」

いつ来れるとは尋ねてこない。美砂子の心変わりを、それとなく察している様子だ。

「フフッ。忙しいの。不動産屋さんと色々あるのよ。でも来年なら――待てます？　年内はこちらにいるけれど、逢うのは年明けで」

蒼を意識して、美砂子はわざと親密で媚びを含んだ口調や言葉使いをする。そして宍倉には、「来年なら」と嘘を言った。

この嘘は同時に、この会話を聞いているはずの、この場にいる蒼にもついた嘘だ。

「本当に逢えるのかね、来年に。いいんだよ、もしも気が乗らなくなっているなら、無理をしなくても――」

「そんなことないわ。年明け早々にでも」

美砂子はそう言うと、電話を切った。

案の定、蒼は怪訝な顔をしている。

（やっぱり聞き耳をたてて……私の口調から、相手が親密な人物だと察したようだわ）

青年は、何か問いたげだが、言葉が見つけられない様子だ。

美砂子は口を開く。

「明日から忙しくなってしまうわ。そして来週、二十六日に、私は一度東京に戻ることになったの」

「えっ」

青年の顔が強ばり、

「それで？　それで美砂子さん、またここには戻ってくるのでしょう？」

と、真剣な顔つきで、食ってかかるように訊いてくる。

「……来年には」

「長いよ。来年のいつ？」

「お正月が明ければ、すぐにでも」

青年の真剣さに、つい嘘を言う。いや、今は、嘘を言うしかなかった。

年が明ければ、美砂子は戻ってくるどころか、この家は壊され、更地になる。何も残らない。

「美砂子さん」

電話を置いたキャニスターの傍らで、壁に背をもたれて立っていると、傍らへ来た青年に抱きしめられる。

「ねぇ、美砂子さん。来年も、こうしていられるよね？」

「ええ。いられるわ」

「ずっとしていたいんだ。離れたくないよ」

「えぇ……私もよ」

（もしも二十六日、東京に戻る途中の高速で、例えば事故に遭い、私が死んでしまったら……この嘘は永遠に嘘ではなく、この青年にとって真実となるのかしら）

首筋に若々しい吐息と口づけを感じながら、美砂子は密かに考える。

「……アァッ」

肌を吸われて目を閉じる刹那、飾り棚の上の、伏せたままの写真立てが目に入る。

（愛を与えられなかったなら、誰かに与える愛も生まれない。がらんどうの中に、冷たい光が満ちていくだけ……。実体が欲しくて、男の人を求めていたんだわ、ずっと……。それで、その実体って何？　本物の愛情？　それとも？）

ふと、自分を見つめる蒼の視線に気づく。失った母性を求めることを隠そうともしない眼差し。こんな風に自分も、欲する愛を素直に求められたら、もっと心が楽になるのかもしれないと思った。

すると、

「どうしたの、美砂子さん？」

蒼が訊いてくる。

「……いいえ、どうもしてないわ。なぜ？」

「だって一瞬、あなたが、とても幼く見えた。この家で暮らしていた小さな頃、きっとこんなだったのだろうなっていう顔が、思い浮かんで……」

美砂子は苦笑しつつも、蒼の言葉に嬉しくなって、ふと甘い期待が浮かんだ。彼の真似をして求めてみようか。そうしたら、冷えてがらんどうの自分の中にも、何かを孕めるかもしれない。

「予定を変えて、早くあなたに逢いにくるわ」

「えっ？」

青年は唐突な言葉を理解できないのか、訊き返してきた時のあどけない顔だった。

「そうね、その時になったら、私が決めるわ」

急に下腹部の奥から欲望が突き上げてきて、美砂子は艶然と微笑むと、青年の体へ両手を回していった。

本作品は書下ろしです。
原稿枚数410枚（400字詰め）。

月《つき》孕《はら》む女《おんな》

小玉二三《こだまふみ》

2024年 10月 11日　初版発行

企画／松村由貴（大航海）
装幀／遠藤智子
装画／佐藤ミホシ

発行人／加藤 賢
発売所／株式会社ジーオーティー
〒106-0032 東京都港区六本木 3-16-13-409
電話 03-5843-0034
https://www.gotbb.jp/

印刷製本／TOPPANクロレ株式会社

ISBN978-4-8236-0752-3

逃亡、潜伏、脱出のはざまで
淫情と侠気にむせぶ、男女の業を描き出す
恋獄の「昭和」、原風景!!

流恋情話《はぐれじょうわ》

——昭和淫侠伝

沢里裕一

Yuji Sawasato

官能倶楽部
悦
GOT

昭和三十七年四月、夜、淫具屋の長岡修造は拳銃を乱射しながら津艶流女三味線師中川奈緒子の手を取って、宵宮の神社舞台から忽然と消える。そして、警察とヤクザ者から追われる情慾の十年が始まった——

新官能

定価:1,485円(10%税込)